システム・クラッシュ

マーサ・ウェルズ

かつて大量殺人を犯したとされたが、その記憶を消されていた人型警備ユニットの“弊機”ことマーダーボット。植民惑星での異星遺物汚染事件に巻き込まれた弊機は、ARTこと探査船ペリヘリオン号の協力もあり、窮地を脱する。だが、この惑星を支配しようとする冷酷な企業バリッシュ－エストランザ社は、いまだあきらめてはいなかった……はたして弊機は入植者たちを救い出し、ARTとともに新作ドラマを視聴する生活にもどれるのか？　ヒューゴー賞４冠＆ネビュラ賞２冠＆ローカス賞５冠＆日本翻訳大賞受賞の大人気シリーズ、待望の第４弾！

登場人物

殺人ボット(マーダー)……暴走警備ユニット
ART……ペリヘリオン号のシステム
アイリス……ペリヘリオン号乗組員。強化人間
タリク……ペリヘリオン号乗組員
ラッティ……プリザベーション調査隊の隊員
三号……統制モジュールを無効化した警備ユニット
レオニード……バリッシュ－エストランザ社補給船の主任管理者
ベラガイア……中央コロニー拠点の入植者代表
アダコル二号……分離派拠点のシステム
トリン……分離派。アダコル二号の運用者

マーダーボット・ダイアリー

システム・クラッシュ

マーサ・ウェルズ
中 原 尚 哉 訳

創元ＳＦ文庫

SYSTEM COLLAPSE

by

Martha Wells

This book is published in Japan
by TOKYO SOGENSHA Co., Ltd.
Japanese translation published by arrangement with
Martha Wells c/o Donald Maass Literary Agency
through The English Agency (Japan) Ltd.

『ネットワーク・エフェクト』のあらすじ

以下の文章では、『ネットワーク・エフェクト』の内容と結末を明かしています。

マーダーボットはメンサー博士の故郷であるプリザベーション連合にひとまず腰を落ち着けた。かつての調査隊の顔ぶれに、メンサーの娘アメナなどの新メンバーを加えて、ある惑星の調査におもむく。その帰路、マーダーボットたちが乗った着陸型研究施設は、正体不明の敵の襲撃を受ける。マーダーボットはアメナを守って逃げるうちに襲撃船にとりこまれ、そのままワームホールで別星系へ飛ばされる。

襲撃船の船内を調べはじめたマーダーボットは、この船に見覚えがあるとすぐに気づく。船名はペリヘリオン号。所属はミヒラおよびニュータイドランド汎(はん)星系大学。かつて偶然乗りこみ、船のシステムと親しくなって、不愉快千万な調査船(アスホール・リサーチ・トランスポート)(ART)と名づけたあの船だ。しかしようすがおかしい。

（1）船内にARTの気配がない。
（2）灰色の肌の襲撃者（〝ターゲット〟とマーダーボットは呼称）に支配されている。
（3）エンジンが奇妙な有機物でおおわれている（のちに異星遺物と判明）。

マーダーボットはARTが死んでしまったと思って動揺するが、それでもアメナを守るためにターゲットたちと戦う。しばらくして、最初の襲撃時に母船への脱出に失敗したアラダ、オバース、ティアゴ、ラッティの救命ポッドがこの船に接続し、船内で合流する。マーダーボットは人間たちと協力して船内からターゲット全員を掃討、安全を回復する。同時にARTの再起動にも成功。しかし戦闘で損傷したマーダーボットは運用信頼性が低下してシャットダウンする。

回復して再起動したマーダーボットは、状況確認のためにARTから事情を聞く。それによると、いまいるこの星系は認識番号のみで固有名はない。ARTは大学の乗組員を乗せて調査目的でここを訪れた。そしてなんらかの原因（ある船との接触がきっかけとのちに判明）によりARTは障害を起こし、シャットダウンして記憶とデータに混乱が生じるようになった。そのため正確になにが起きたのかはわからない。とにかく気がついてみると、大学の乗組員たちはどこかに消え、船内は灰色の肌の人間たちに乗っ取られていた。ARTは窮地を脱するためにマーダーボットの力を借りようと考え、〝強力な武器を入手できる〟と灰色人たちをそそのかして、プリザベーション宙域まで出かけて調査船を襲撃させたのだ。

マーダーボットはARTのあまりに利己的な動機と、そのせいで自分の人間たちが危険なめにあったことに腹を立て、しばらく仲たがいする。しかし状況の打開と、ARTの乗組員を救出するためには協力関係が不可欠と思いなおし、一時休戦とする。

ARTの説明とアーカイブから発掘した資料によって、この星系と惑星の歴史がわかってくる。惑星の植民開発はおおよそ三つの時代に分かれる。

(1)企業リム(CR)成立以前の時代にどこかの初期政体が送った冷凍睡眠船によって、最初のコロニーが惑星に建設される(前CR時代コロニー)。その後の調査でわかることだが、入植者は異星遺物に感染し、地下構造だった初期居住施設の真上に、強迫観念による奇怪な建築物をつくった。その後、入植者は全滅し、コロニーは廃墟(はいきょ)化)。

(2)約四十年前、企業リムに属するアダマンタイン・イクスプロレーションズ社が最新のワームホール船でやってきて、コロニー建設を再開する。前CR時代コロニーとおなじ場所に新コロニーを建設する(アダマンタイン時代、企業コロニー)。またテラフォームエンジンを設置して気候改良もはじめる。

しかしこのアダマンタイン社は、まもなく詳細不明の企業から敵対的買収をしかけられ、銃撃戦の末に本社陥落(かんらく)、消滅する。そのさいにコロニーの座標を記述したデータベースはアダマンタイン社員の手で破壊される。

(3)近年、破損したデータベースをバリッシュ-エストランザ(BE)社が買い取り、再構築に成功。読み出した座標情報をもとにコロニーのサルベージ（残存施設と資源の回収）計画に乗り出す。

再構築されたデータベースには、異星遺物の存在と詳細も書かれていたと推測される。ＢＥ社の目的は、この惑星に埋蔵されている異星遺物と呼ばれる資源だと思われる。異星遺物は安全な取り扱い法が確立しておらず、扱いを誤るときわめて危険なため、企業リムでは採掘も商取引も禁じられている。しかし一部で有用なため、闇市場では高額で取引される。その利益めあてに危険を冒して採掘を試みる企業もあり、ＢＥ社もその一つと思われる。

以上のことがわかったころ、星系内にいたＢＥ補給船がペリヘリオン号に接近し、その指揮官にあたるレオニード主任管理者が連絡してくる。ペリヘリオン号側では、船内で発見、保護していた捕虜の一人がもともとその補給船の乗組員だったことから、身柄を返還したいと申しいれる。そして調査隊のリーダーであるアラダはマーダーボットを護衛にともない、補給船に乗りこんでレオニードと面談する。

そこで聞きとった話から、ＢＥ社がこの星系に乗りこんでから感染騒ぎを起こした顚末があきらかになる。

（1）ＢＥ社は所有権を獲得したこの惑星を調査するため、探査船と補給船の二隻を送りこんだ。

（２）探査船は、軌道エレベータの上部施設である宇宙港にドッキングし、先遣(せんけん)隊が降下ボックス（エレベータ）で地表に下りた。そして異星遺物に感染した。
（３）探査船はそれに気づかず、感染した先遣隊を宇宙港と船内にもどした。彼らは精神を支配されていて、ほかの乗組員に感染を広げつつ、探査船を乗っ取った。付近にいたレオニードの補給船に砲撃し、宇宙港から離脱してどこかへ去っていった。

ペリヘリオン号が感染者に乗っ取られたのはこのあとだと思われる。つまり、
（４）探査船はペリヘリオン号に接触し、フィード経由で感染コードを送りこんでＡＲＴをシステムから削除した。さらに感染によって灰色の肌になった乗組員が乗りこみ、ペリヘリオン号の乗組員たちを探査船に連れ去った。

拉致(らち)された乗組員の所在はまだ不明だが、ＢＥ探査船は軌道エレベータの宇宙港を拠点(きょてん)にしている可能性があり、そこを調べることにする。

宇宙港に接近してみると、探査船の姿はない。マーダーボットはオバースとティアゴをともなって施設内を捜索。人間や警備ユニットの死体を複数発見するものの、ペリヘリオン号乗組員はみつからない。

捜索中に探査船が接近し、攻撃準備をしているとの知らせがはいる。ペリヘリオン号は迎撃すべく宇宙港から離れる。なおも捜索を続けるマーダーボットたちは、監視カメラ映像の録画からペリヘリオン号乗組員の手がかりをみつける。八人のうち五人が降下ボックスで地

表へ下ろされたらしい。しかしその発見をARTに伝える手段がないまま、マーダーボットはオバースとティアゴとともに地表へ下りる決断をする。

一方のARTは、事前にマーダーボットと協力して作成しておいたマーダーボット二・〇（その精神をコピーした知能キルウェア）を探査船のシステムに侵入させる。二・〇はまずカメラ映像で船内を捜索。一室でペリヘリオン号乗組員のうちの三人を発見する。マーティン（アイリスの父親の一人）、カリーム、トゥリだ。救助するために、二・〇は見張りのBE警備ユニットに説得材料のファイルと統制モジュールの解除コードを送る。警備ユニットは統制モジュールをハックして自由行動の身になり、三号と名のる。つかまっていた三人を連れて探査船を脱出し、ペリヘリオン号へ送りとどける。

二・〇はそれを見届けてから、探査船のシステムを攻撃開始。船を爆破しつつ、みずからを地上へ転送する。

地上港に下りたマーダーボットたちは、周辺のコロニーを観察する。アダマンタイン時代の農業施設のほかに、異星遺物感染の影響下で建設されたらしい奇怪な前CR時代の複合施設などがある。

銃撃戦の音を聞いて駆けつけると、アダマンタイン時代からの入植者同士が対立し、交戦しているのを知る。異星遺物感染の程度ごとに複数のグループに分かれて争っているのだ。そんな地上港の一角で、ペリヘリオン号の残りの乗組員が行き場を失っているのを発見する。アイリス、セス（アイリスのもう一人の父親）、カエデ、タリク、マッテオの五人だ。マーダーボットは五人を守って避難する途中、農業ボットとの戦闘で重傷を負ってシャットダウン、拘束（こうそく）される。

ARTと人間たちはマーダーボットの解放を求めて入植者と接触を試みる。ARTはパスファインダー（地表観測用の多目的ドローン）に爆弾を装備させて、施設を爆破すると脅（おど）す。アラダたちは三号を護衛にともない、入植者の複数グループと交渉する。

再起動したマーダーボットは、前CR時代の複合施設の地下にある縦穴で宙吊り（ちゅうづ）にされた状態で目覚める。周囲を観察して、ここが異星遺物感染の震源地であることを確認する。自力で穴から脱出し、上層階へむかう。

異星遺物に汚染された船や設備は多くが攻撃的で悪意あるシステムに支配されており、マーダーボットはそれを〝敵制御システム〟と名づけていた。その背後には意思を持って呼びかけてくる存在がおり、そちらは〝敵連絡者〟と名づけていた。その両方にいま近づいている。上層階の一室に、前CR時代のハードウェア（中央システム）と、異星遺物に感染したアダマンタイン時代の技術者の死体が一体となったものを発見する。ハードウェアで稼働（かどう）しているのが敵制御システム、死体が敵連絡者だ。

この時点までに二・〇はマーダーボットに合流している。そして感染死体をスキャンしたときにマーダーボットが汚染コードに感染したことを指摘し、除染（じょせん）のためのタグ付けをはじめる。マーダーボットは敵の心臓部の破壊を試みる。しかし死体は異星遺物の菌糸のような保護外装（がいそう）でおおわれ、銃で撃っても壊れない。ハードウェアの破壊を試みるが、敵制御システムの逆襲を受ける。二・〇はマーダーボットの内部に侵入した敵制御システムを排除するために、シャットダウンと再起動を指示する。再起動によって敵制御システムを消すことに成功するが、同時に二・〇も消滅する。

敵制御システムを破壊できたものの、今度は感染死体が床から起き上がって襲ってくる。マーダーボットは上層階めざして逃げだし、途中で救助に来た三号といきあう。三号は天井を壊して通路をふさぎ、物理的に死体の追撃を防ぐ。三号とマーダーボットが脱出したあと、ARTは爆装パスファインダーで複合施設を爆破し、すべてを瓦礫の下に埋める。これで敵連絡者も停止する。

ペリヘリオン号にもどったマーダーボットは、二・〇によってタグ付けされていた汚染コードを無事ARTに削除してもらう。プリザベーション連合からは即応船がやってきてペリヘリオン号にドッキングし、メンサー博士とピン・リーが一同に合流する。

（中原尚哉・編集部）

システム・クラッシュ

マーダーボット・ダイアリー

1

弊機（へいき）が惑星を嫌うのは、消耗品とみなされ、遺棄（いき）されるかもしれないという不安が根底にあるからではないかと、バーラドワジ博士に言われたことがあります。それについては、惑星は退屈だからだと答えました。

はい、嘘です。ありていにいって、壁を見つめたり採掘（さいくつ）施設の機械設備を警備したりするのにくらべて、惑星は退屈しません。悪い意味で退屈できないのです。

とりわけ、どう見ても無人ではなく、異星遺物（いぶつ）で汚染されている可能性の高い前企業リム（CR）時代のコロニーに、アーマーなし、環境スーツ一枚で乗りこむのはまったくもって悪い意味です。最悪です。

アーマーは着ようと思えば着られるのに、あえて着ないことにしているのですからなおさらです。

すこし話をもどしましょう。

四十七・四三時間前のファイルへのアクセス

とにかく、今度弊機が楽観的になったら顔を殴ってほしいと思います。まあ、実際にはやめたほうがいいでしょう。面倒なことになります。自分で自分の顔を殴れと教えてくれれば充分です。

チームのフィードでARTが言いました。

〈警備ユニット、状況報告を〉

むしろARTの顔を殴るのがいいかもしれません。こう返信しました。

〈あなたの顔を殴りたい気分です〉

〈やってみな〉

はい、ただの冗談です。そして、そうです、一行は例の異星遺物で汚染された植民惑星にまだいます。こんな星系に長居は無用とみんな(弊機もARTも人間たちもですが、なかでも弊機は)思っているのに、ままならないものです。

ARTが続けました。

〈状況報告がまだだよ〉

〈状況：進行中です〉

ドローン映像を送っていますし、こちらの視点映像にもアクセスできるのですから、低い台地のふもとの岩場を移動中であることはわかるはずです。右手の農作物定植(ていしょく)エリアでは緑のものが背丈より高く伸びています。現時点で敵一号と仮称する相手にとってはかっこうの潜伏場所です。

惑星時間の午前なかば。テラフォーム事業の産物である雲は、日差しがのぞく程度にまばらです。頭上にいる偵察ドローン一号によって現在の状況を把握できます。広い畑のむこうの小高いところに配送車の整備施設があります。建物自体はARTのシャトル程度しかありませんが、より大きな人工石の保護構造にすっぽりおおわれています。一見すると円筒形の大岩のようで、低い台地のふもとに堆積した本物の石や岩のあいだにとけこんでいます。

(人工石でおおったのは、いまはなきアダマンタイン・イクスプロレーションズ社がコロニー完成時の見映えを気にしたからです。その後、事業が破綻して入植者を見捨てたことを考えると、かえって陰気なエピソードに思えますが、とにかくそういうことです)

コロニーの空気バブルのなかに吹くそよ風が濃い緑の植物を揺らしています。そこを自分でスキャンして、さらにドローンでスキャンしても、いやな感じが残ります。しかしこれは生存機能に由来する緊張感であり、決して……［編集済］

施設の正面は天然石の自然な曲面でへこみ、そこに金属製ハッチがあって、いまは開いています。現在の状況では閉じているほうが好ましいのですが、ラッティと、ARTの乗組員であるアイリスとタリクが逃げこんで閉じるまえに、敵一号が長い金属製アームの一本を突っこんできたのです。

農業ボットは凶悪な外見とはうらはらに人畜無害だと、かつて説明したことがあります。はい、とんでもない誤認でした。こんなひどい思いちがいはほかにありません。

今回の農業ボットは体高九メートルにすぎませんが、苗の定植や圃場の耕耘などに使う触手を多数はやし、下部には成長した作物を踏まないように多関節の長い脚が十二本あります。長くてくねくね動く不気味な首の先に小さな頭があり、そこに主要なセンサー類をおさめています。いまは制御をいっさい受け付けず、フィードを閉ざしています。アイリスが全速力で逃げる直前に調べたところでは異星遺物でたっぷり汚染されています。

ARTが訊いてきました。

〈ミッションの状況はともかく、おまえの状態はどうなんだい〉

うーん、弊機の状態ですか。

そもそも惑星にふたたび下りる予定ではありませんでした。弊機もARTもメンサーもセスもマーティンもおなじ判断をしました。それはやはり、[編集済]

また今日は昼サイクルのあいだに任務をこなしました。任務のような、暇つぶしのような、そうでもないような仕事です。カリームが地上のコロニー拠点で入植者のあるグループと対面交渉する予定があり、三号が人間のふりをして（愉快です）護衛についたのです。こちらはリモートで三号のようすをモニターして、やるべきことを助言しつつ、ARTのちょっかいを防いでやるつもりでした（はじめから緊張してがちがちだったので必要でした）。ARTの船室の一室で寝ころがって『サンクチュアリームーンの盛衰』（第百二十一話、再視聴）を見ながら、カリームと三号のシャトルが面会場所に着くのを待っていると、突然ARTがフィードにはいってきて言ったのです。

〈手を貸しな〉

農業ボットを排除するのに在庫の爆装パスファインダーを使うわけにはいきません。まあ、やればできますが、いろいろ問題があります。パスファインダーに爆弾をあとから仮設しただけなので、爆発のタイミングは指定できても、殺傷範囲を正確に制御できません。ボットの位置が配送車施設に近すぎますし、なにより人間たちが逃げこんだ場所のハッチが開きっぱなしです。

ラッティがフィードで訊いてきました。

〈警備ユニット、そっちのようすはどう？〉

ドローンを施設内にいれると、応援が来たことを農業ボットに気づかれてしまいます。人間たちは施設の奥の整備ベイに逃げこんでいますが、農業ボットの……触手というか、作業アームというか、その先端が届く範囲から三メートルしか離れていません。

〈健在です、ラッティ。触手に近づかないでください〉

〈あれは触手じゃなくて成長促進用の刺激装置だよ。みんなだいじょうぶだからあわてなくていい〉

こういう状況をだいじょうぶとは言わないんですよ、ラッティ。

〈企業標準暦で何年も昔から人間の状況判断はこんなふうにでたらめで見当ちがいです。〝こっそり戦略的に動いたほうが成功率の高い状況だけど、かまわず爆風で吹き飛ばされそうなところを全力で駆け抜けろ〟とか、〝いやいや、客観的に危険で危機的で恐怖の状況だけど、あわてず騒がずいつまでも待機していよう〟とか、支離滅裂です〉

(たまには的確な状況報告をしてほしいだけです)

(よい変化も抵抗をともなうものだとバーラドワジ博士は言います)

偵察ドローン一号は近づいて射撃するのに好適な位置をまだみつけていません。射撃といっても、使うのは本物の武器ではありません。救助要請用のビーコン弾です。

(わかっています。最初から失敗するフラグのようです。〝武器は救助要請ビーコン弾〟などというセリフが出たら、『サンクチュアリームーン』でも失敗確定です)

本物の武器もいちおうあります。ARTの物理銃です。しかし暴走した農業ボットをこれで制圧するには相当な弾数を要します。至近距離からプロセッサを撃ち抜かなくてはならず、やりたくないし命じられたくありません。腕の内蔵エネルギー銃でも似たようなものです。(環境スーツの袖と腕の銃器ポートを接続できるようにARTが改良してくれたので、撃っても焼け焦げ穴をつくらずにすむようになりました。しかし今回はそもそも威力がたりないのです)

距離があっても有効な武器が必要でした。救助要請ビーコン弾は、元弊社で使用されていたものよりかなり非力ですが、仕様は一部のモデルによく似ています。人間が野外行動中に手持ちで撃っても自分を傷つけない構造になっており、着陸チームが遭難時に使うことを想定しています。発信機がはいったペイロードを大気圏上層まで打ち上げ、軌道の母船に電波を拾わせるしくみです。そのようなペイロードを間近から撃たれたら、もちろん大穴があくでしょう。

船内で環境スーツを着ようとしているときに、このビーコン弾を備品のなかから持っていけとARTから指示されました。設計意図からかけ離れた使い方ながら、汚染された農業ボットを阻止するのに役立つだろうというのです。

いい考えだと思いました。そのときの農業ボット相手にひどいめにあった経験があります。なにしろこちらも農業ボットは高度な知能ウイルスに支配されていましたが、今回のはたぶん命令の断片が残留していて、それによってボットのコードが〝人間の姿で動くものを追跡して殺せ〟というように書き換わっているのでしょう。このボットは最近までこの場所で休眠していて、エリア内の配送車が修復されたせいで目覚めたのだとアイリスは考えています。

(コロニー内戦中に飼料のルート配送車が破壊されたのは、入植者のあるグループによる行為でした。しかし現在では、汚染拡大の原因はこれではないと確認されています。無益な破壊だったわけですが、内戦の最悪の時期に入植者たちがやったさまざまな有害活動のなかで、配送車の破壊はまだましなほうでした。どう考えても理屈にあわないことをいろいろやっています)

このビーコン兼ボット破壊弾が格納されたロッカーへ行くと、セスが待っていました。目的のものをこちらに渡しながら彼は言いました。

「わたしたちも二度しか使ったことがない。一度は惑星で天候が悪化して通信が切れたとき。もう一度は小惑星の採掘帯でマッテオが……という話は長くなるな」頭をかいて、申しわけなさそうに続けました。「もう惑星に下りなくていいと決めたのに、こんなことになってしまって……」

そんな話は時間の無駄です。

「かまいません」

というわけで、いまここにいます。問題ありません。だれも謝らなくてけっこうです。

身を隠して射線(しゃせん)を通せる位置を偵察ドローン二号がみつけました。左へ約二十メートル、岩のあいだを抜けて小さな尾根に上がったところです。そちらへ移動しようとしかけて、考えを変えました。このやり方では脅威評価も救出成功率も改善されないとわかったからです。この手の指標を行動中に見ることは通常はしません(悪運を招く気がするからです)。しかし今回はまったく勝てる気がせず、数字よりも安心感を求めて参照したところ、やはりこれではだめだという考えの正しさが確認されました。

ビーコン弾をランチャーで撃って農業ボットを制圧できるというARTの判断はまちがっていません(相手が戦闘ボットなら無理です。〇・〇三秒ほど考えこんでふたたび襲ってくるでしょう。戦闘ユニットならそもそもこういう発射準備に時間のかかるものを使う余裕をあたえません。通常の警備ユニットなら確実に倒せます。自分へのメモ:農業ボットに奪われて逆に使われないこと。考えるだけで屈辱的です)。

とはいえ農業ボットは動きが俊敏(しゅんびん)なことをこちらは身をもって知っています。ビーコン弾の取扱説明フィードモジュールを軌道から降りるシャトル内でざっと読みましたが、ランチャーはすばやく使うことを想定しておらず、予備弾は二発だけです。

はい、これでは……うまくいかないでしょう。

〈なにがいけなかったのか、いまではわかります。ARTと人間たちが考えた作戦だからです。彼らは適切な武器を持っていますが、使い方がだめです。もっと先手を打っていくべきです。しかし、うーん、[編集済]〉

偵察ドローン二号を呼びもどし、畑と丈高い農作物のほうへ引き返しました。

〈どうした〉

ARTが不審そうに訊いてきたので、答えました。

〈これではうまくいきません〉

農業ボットの速度と弊機の速度とランチャーの速度と威力を一枚のグラフにしてARTに送りつけ、それ以上の質問を封じました。三号を応援に呼びたいところですが、カリームに同行して中央コロニー拠点に着いたところなので、呼ぶと対面交渉がキャンセルになってしまいます。重要案件なので中止にはできません。それに、はっきりいって、弊機単独でやれない理由はありません。できます。

すでに乱暴な新しい作戦を立てています。ビーコン弾の取説モジュールには、秘匿したフィード接続を介して遠隔でランチャーを発射できることが親切に説明されています。一見すると無謀なようですが、脅威評価の数字はよくなります。爆発物を使う地点が閉じこめられた人間たちから遠くなるからです。

畑にはいりました。緑の作物の茎は頭より高く伸び、実がついているらしいふくらんだ部分が風に揺れてぶつかりあっています。培地ラックを使わず地面に直接植えられているので楽に通過できます。環境スーツと葉がこすれる音は風がかき消してくれます。地面は濡れ、展示バイオームのなかのようなにおいがします。環境スーツのマスクを通してもわかります。

（空気バブルの下なので本来は環境スーツ不要ですが、念のために着用しています。異星遺物の汚染を予防できるとまでは期待していません。気休めです）

風で作物が揺れるので、あいだをすり抜けるこちらの動きも隠されます。偵察ドローン一号からの俯瞰映像で自分の動きがわからないことを確認できます。畑の端に近づきました。視界はまだ数列分の茎で閉ざされていますが、偵察ドローン一号の映像とスキャンデータから、こちらと農業ボットのあいだには開けた砂地が約三十メートルあるだけだとわかります。その農業ボットは配送車施設に機体の一部をつっこみ、獲物を探しています。ランチャーのビーコン弾の発射準備を確認し、予備弾二発は遠隔起爆に設定。そして畑から走り出ました。

十五メートル先で一発目の予備弾を落とし、さらに五メートル先で二発目を落としました（もちろん落下の衝撃くらいでは爆発しません。確認しました）。

そして足をすべらせながら急停止し、叫びました。

「おーい、こっちこっち！」

（はい。ドラマのように気の利いたセリフも言えたでしょう。しかし相手はローカルフィードで送りこまれたコードに制御されている農業ボットです。理解できる音声コマンドには限度があり、まして皮肉を言われて驚いたりあわてたりするとは思えません）

農業ボットは反応しません。すくなくとも視覚的にわかる反応はありません。無視されているのかと二・三秒考えました。その場合は歩みよって胴体にビーコン弾を押しつけて撃つことになりますが、それはそれで悪くないといえるでしょう。

ところが突然、入口から触手を引き抜いてこちらに突進してきました。なるほど。これでもまだ最悪の事態ではありませんが、リストの上位には近づきます。

この手のボットは方向転換の必要がありません。こうるさい殺傷対象にむけるべき特定の開口（かいこう）やセンサー類はないからです。施設から後退して抜けると、そのまま突進してきました。速い。弊機が言うのですからたしかです。

しかし速いのはこちらもです。接近する敵にあわせて後退しました。畑へ走りながら、入力の一つで偵察ドローン一号の映像フィードを見ます。農業ボットの先頭の脚三本が最初のビーコン弾まで二メートルの地面を叩いたのを確認しました。速度は推定（とても速い）なので正確に計算できませんが、見た感じでよさそうだったので、ビーコン弾を起爆しました。

すると不愉快なボットは跳躍しました。

相手はフィードを閉じているのでこちらの発射コマンドをとらえたはずはありません。またこちらの動きを視覚データから分析して罠（わな）に気づくほどの能力はないはずです。それでも異星遺物に感染して処理能力が強化されている可能性はあります。

十メートルの高さまで飛び上がったので（偵察ドローン一号は衝突寸前であやうくかわしました）、ビーコン弾は二本の脚の先端を欠損させただけ。関節部は無傷です。

そこからこちらを押しつぶす意図が明確になりました。かわすのはまにあいません。

二つのことが同時に起きました。

（１）こちらが地面に飛んであおむけになり、予想軌道から農業ボットが落ちてくるはずの位置に最後のビーコン弾を装塡したランチャーをむけたとき、

（２）べつの警備ユニットからの確認を受信しました。

最初に考えたのは、いったいどうして三号がここに、ということです。非難ではなく安堵まじりです。三号に救出されるのは気まずいとはいえ初めてではありません。

次に考えたのは、三号ではありえないということです。その位置情報は五・四分前に確認ずみで、移動してくるには遠すぎます。

最後に気づきました。やばい、バリッシュ－エストランザ社の警備ユニットです。カリームの対面交渉が重要すぎて延期できなかったのも、三号の護衛が必要だったのも、ＡＲＴが爆装パスファインダーの使用やシャトルの武装といった大学の深宇宙マッピング調査船らしくないことを控えたのも、すべて同社のせいです。

メンサー博士を乗せたプリザベーション連合の即応船がこちらを追って到着してから企業標準暦で四サイクル日後、ＢＥ社からも新たな探査船がやってきました。こちらの知るかぎり追加の警備ユニットが三機載せられています。以来、ＢＥのプロジェクトチームは精力的

に活動し、地上に偵察チームを派遣して状況を〝評価〟したり、入植者から事情を聴取したりしています。それを止める法的手段はありません。皆殺しにするのはあとで大きな問題になりますが、ＡＲＴは何度か計画を練ったはずです。

　農業ボットは制御落下してきます。こちらはランチャーのトリガー手順を開始しようとしました。そのとき、右方向から大型榴弾が連射され、ボットの胴体中央を直撃しました。プロセッサがあるはずの位置です。

　鉄板の鳴る音とともに金属片が飛び散り、ボットの脚が何本かはずれました。ちぎれた胴体が落下してくる地点からかろうじて退避しました。おやおや、ずいぶんな掩護ですね、ＢＥ警備ユニット。人間だったらよけられませんよ。これで助けたつもりですか？

　視覚データを見ていたＡＲＴも言いました。

〈〇・二度ずれていたら殺害未遂だね〉

　それより重要な問題：こちらが警備ユニットであることにむこうの警備ユニットは気づいているのか？

　答え：気づいていないことを願います。

　秘匿性の高いチームフィードで人間たちに言いました。

〈むこうに聞かれたくない話はフィードを使ってください。警備ユニットはあの距離でも音声でみなさんの位置を特定できます〉

　偵察ドローン一号はすでにステルスモードにはいっています。二号といっしょに配送車チームが台地の上に着陸させたシャトルへ行くように命じました。弊機を乗せてＡＲＴが着陸させたシャトルは、死んだ農業ボットのセンサー範囲にはいらない畑のむこうの遠い地点に着陸しています。環境スーツのポケットにいれた予備のドローン一機は休眠させました。ランチャーはすでに捨てて手の届かない位置にころがっています。挙動を人間らしくするコードは実行中。初期バージョンから大幅に改良されています。自分のフィード、チームフィード、ＡＲＴとの接続は厳重に秘匿しました。とはいえ統制モジュールが正常に働いている警備ユニットは、弊機のように自由にシステム探索やハッキングをできません。やるには特定の命令が必要で、たいていの雇用主は警戒して許可しません。

しかしこの警備ユニット（ＢＥユニット一号と呼称）はほんの四メートルほどのところにいます。見ただけでこちらの正体を理解し、報告するかもしれません。

いまできるのはすこしでも混乱させることです。地面で体を半回転させ、人間のようにうめき声をあげました（いかにも演技している感じになったので、やらないほうがましだったかもしれません）。『サンクチュアリームーン』でコロニー弁護士のボディガードが負傷して起き上がる場面をいくつか参照しました。

チームフィードではＡＲＴがアイリスに話しています。アイリスは整備施設から顔を出して大声で言いました。

「警備ユニットに言って退がらせてもらえませんか」

ドローンなしではむこうの警備ユニットのようすを見られません。するとＡＲＴがアイリスのフィードを転送してきました。そのなかに環境スーツのカメラ映像がありますが、遠くて解像度がよくありません。ＡＲＴは野外装備を更新すべきです。いや、そんなことより、人間があの警備ユニットを見ている？

　ＡＲＴが言いました。

〈見てる。おまえが見たがらないから〉

〈ボット嫌いの神経質な人間だと思ってくれるかもしれません〉

　答えながら映像を見ました。

　警備ユニットは立ち去り、かわりにＢＥ社の赤茶色の環境スーツ姿の人間が五人、弊機とこちらの人間たちのほうへやってきます。近くにシャトルがあるはずです。機内に人間二人とおそらく警備ユニットがもう一機残っているでしょう。人間たちは目立つ武装をしていません。しかし惑星に下りたＢＥ先遣隊の一部のメンバーはかならず拳銃を携行しているという情報があります。前回のＢＥ探査船の偵察チームや死亡したそのメンバーも武器を持っていて、敵入植者や感染入植者がそれらを奪っていました。

　しかもこの連中は警備ユニットに非標準の中距離対ボット兵器を装備させています。ＡＲＴが現在装備している武器より強力です。

　ラッティが駆けよってきたので、秘匿したチームフィードで言いました。

〈弊機を助け起こすふりをしてください〉

「だいじょうぶかい？」

声をかけてくれました。人間たちを動揺させないようにARTに送るカメラ映像の公開範囲に制限をかけていましたが、弊機の無事を確認して、ARTがその危機一髪だった状況のビデオを人間たちに見せました。そのせいで一部が怒りだしたようです。ラッティに腕をとられ、体重の大半をささえられているふりをしながら、上体を起こしました。

「あぶなかったよ！」

そう言ってラッティはBE偵察チームをにらみました。さらにフィードで訊いてきました。

〈意図的だったと思う？〉

〈かもしれないし、警備ユニットが下手なだけかもしれません〉

そう答えましたが、いい気分ではありません。

もちろん弊機も完璧な警備ユニットではありません。認めますし、みんな知っています。とはいえBEユニット一号は落下軌道を予測して、もう一呼吸早く榴弾を発射すべきでした。そうすれば農業ボットは遠くに落ちて、こちらは破片さえ浴びずにすんだでしょう。弊機ならそうします。そのように努力します。そのような配慮を顧客管理者が察知してやめさせるひまはなかったはずです。不愉快なやつです。

（もちろん弊機がほんとうに腹を立てているのはそのことではありません。BEユニット一号の拙劣（せつれつ）さに怒る一方で（あるいは同時に）自分が顧客の安全をそこねた事実から目をそらしたいのです）

〈怒るほうが楽だ〉

ＡＲＴが秘匿接続で言いました。返答はしません。ＡＲＴは弊機に心理的プレッシャーをあたえないとメンサーに約束しています。搭載している医療システムが感情サポートやトラウマ治療の認証を受けているというだけの理由で、なんでも知っているという態度なのです。

立ち上がるときに膝を負傷した演技をしてラッティによりかかりました。アイリスは施設から出て、ＢＥ社の人間の責任者に会いにいきました。タリクがついていったのは賢明です。彼は施設から出るまえに環境スーツのヘルメットのバイザーを下ろしました。おかげでこちらがバイザーを下ろしたままでも不自然に見えず、やはり賢明です。人間にも、呼吸補助がいらないときでもバイザーを下ろしておきたがる者はいます。おたがいにいろいろです。

ＢＥ社の人間たちはバイザーを上げています。責任者の人間は見たことがあります。デルコート副管理者（男性／デミセクシャル）で、頭のいい一人です。今日の筋書きをつくったのは彼でしょう。

「救助していただいて感謝します」

アイリスが言いました。ボットなら礼儀正しい挨拶と誤った解釈をするでしょう。人間なら〝クソったれ〟という裏の意味を正しく聞きとるはずです。

「あとで請求書が届きますか？」

マーティンの話によれば、アイリスが新生児で、ＡＲＴが新生のなにかだったころから両者は交流しているそうなので、このへんの性格が似てきても不思議はないでしょう。

「債権報告書に載せておきましょう」

デルコートは答えて、軽く笑いました。アイリスも微笑(ほほえ)みましたが、顎(あご)の筋肉のこわばりは歯ぎしりしているようです。

請求書うんぬんは冗談ではありません。ARTの会計を担当するピン・リーとトゥリは、今回の一件が片づいたら（ほんとうに片づくのなら）、BE社に対抗の請求書を送りつける準備を進めています。このような企業間または企業相手の金銭闘争は日常茶飯事で、きわめて退屈です。

（マーティンによれば、ARTはもちろん自分の会計処理をこなす能力を持っています。しかし根拠不明の数字がいつもまぎれこむので、しかたなくトゥリがやって、データをARTに改竄(かいざん)されないようにハードコピーの帳簿(ちょうぼ)を保管しているそうです。根拠不明の数字がでっちあげなのか、それともどこかに隠した本物の債権残高を反映したものなのか不明とのことです）

デルコートは微笑んだまま言いました。

「ここでなにをしているのかお聞かせ願いたいですね。現地公共財への敵対行動はひとまずおいて」

公共財＝農業ボットです。榴弾でプロセッサが破壊されたので人間への感染の危険はなくなりました。偶然ではないでしょう。

アイリスは訊き返しました。

「そちらこそ、ここでなにをしているのか教えていただきたいものです」

人間の虚勢の張りあいです。アイリスの作業チームの目的が配送車の整備なのは見ればわかります。BE社の人間たちが気づかなくても警備ユニットが指摘したでしょう。むこうの目的は、警備ユニットが特定の種類の榴弾を装備していたことから感染ボットの捜索だとやはりわかります。

〈よろしくない気配だね〉

ARTの状況評価は過小にもほどがあります。BE社の意図についてはこれまで険悪なデータポイントばかり集まっています。

新たなBE探査船は到着早々、ARTに急接近して船と乗組員を威圧しました。

(そうです。当時の弊機は運用信頼性が六十六パーセント以下で、まずいと思いました)

(ARTは主力武装ポートを開いて、〝照準ロック完了〟と送信しました)

(探査船は、威圧したつもりはないのに臆病な大学調査船の乗組員が勝手におびえただけだという意味のことを、企業の話法で述べました)

(それに対してARTは、〝このあたりで船が消息不明になる事例はめずらしくない〟と返しました)

(するとむこうは作戦パラメータをあわてて変更しているようすの沈黙がありました。そして、威圧しかえすという過ちを犯しました。〝へえ、そのときはそっちも火傷するぜ〟という意味のことを言ってきたのです。ノンフィクションの人間の会話にはかならずしも精通していない弊機でも、これはあきらかに下策だとわかりました)

（ARTは、〝そうしてくれると状況がシンプルになって助かる〟と送信しました。これは虚勢ではありません。百パーセント本気です）

（BE側はその含意に気づいたらしく、退却していきました。その後はARTのことを悪辣な性格の人間の指揮官だと思っています）

（ARTの正体はミヒラおよびニュータイドランド汎星系大学の上層部以外には伏せられています。BE社は自分たちがなにと張りあっているのか知りません）

BE偵察チームの残りのメンバーは弊機とこちらの人間たちをじろじろ見ています。BE社の企業人は人がいくらで売れるか値踏みする目で見ると、オバースが言っていましたが、そのとおりです。人間らしい挙動のコードを改善しておいてさいわいでした。普通にしていたら両手がどこへ伸びたかわかりません。

アイリスはBE社の人間たちの注目をなるべく自分に集めることに成功しています。ただし警備ユニットだけは弊機を見ています。これに気づいたのかどうかわかりませんが、アイリスは警備ユニットにむきなおって言いました。

「救援してくれてありがとう」

デルコートは驚いてぽかんとしています。

「これは警備ユニットだぞ」

アイリスは答えませんでした。こちらはちらばったビーコン弾とランチャーを片づけて去りました。

2

岩陰にはいってむこうから見えなくなったあたりで、ステルスモードのドローン二機の映像を簡単に確認し、ラッティによりかかっていた体を起こしました。

「もうだいじょうぶ？」

「はい」

アイリスは心配していないふりをしながら心配そうにこちらを見ています。

「このままいっしょに来て。整備する配送車はあと一台だから」

「はい」

けわしい山道を登っていくと、作業チームのシャトルは配送車施設を見下ろす小さな台地に着陸していました。人間たちに同行することになったので、弊機（へいき）が乗ってきたシャトルはARTが呼びもどしました。まだ近くにいるBE偵察チームがそれを見て、こちらが去ったと思ってくれればさいわいです。

先行組のBEプロジェクトチームによると、新たに到着した探査船は予定された増援（ぞうえん）であり、自分たちの救難信号に対応したものではないとのことです。これは嘘だろうとセスは考えています。とすると、BE社はこの星系に比較的近いどこかのワームホールにさらなる増援を待機させているのでしょう。そうやってこのあたりの複数の星系にいくつも探査隊を送っていると考えると、つじつまがあいます。

しかし当面の問題は、BE側には補給船と武装した探査船がいるのに、ミヒラおよびニュータイドランド汎星系大学からは支援船の一隻すら来ていないことです。ぜひとも必要です。

とにかくプランA〝さっさと逃げ出すぞ〟計画のフェーズ1は、入植者の医療ユニットに特別な除染アップデートを組みこむことでした。それができれば、異星遺物除染プロトコルによって相互に清浄化されます。これは思ったより時間がかかりました。コロニーの医療機器は企業標準暦で三十七年以上昔の自社仕様製品だったからです。

ティアゴとカリームが入植者の一グループと交渉して、医療ユニットのソフトウェアのコピーを入手しました。これをARTが解析して、汚染コードの痕跡を除去し、古くて低性能の機器でも動くように改造した除染パッケージを組みこみました。接続するユニットにはそれぞれ個別にアクセスし、清浄化と拡張をすませたオペレーティングシステムを組みこみました。そのさいには相互汚染や再汚染を防ぐために細心の注意と慎重な手順が求められました。大失敗して、医療システムの片隅で眠っていたウイルスの断片を目覚めさせてしまったことが何度もありました。その挙動は過去に観察されたヒト‐機械‐ヒト感染のパターンとは異なっていました。

さいわいARTも弊機も人間たちも入植者も、この惑星のウイルス汚染には充分な警戒をしていました。弊機から見ても適切な水準です。
プランAのフェーズ2は法律問題です。BE社がサルベージ権を根拠にコロニーの人間たちの所有権を主張するのを防がなくてはいけません。これはピン・リーが担当しています。並行してARTの乗組員がおこなっている惑星全体の遺物汚染評価のほうは、見通しが微妙なようです。詳しいあれこれをはぶいて基本線だけでいうと、汚染された拠点が封鎖可能とはっきり保証できなければ、惑星全体に立入禁止令が出され、入植者は退去せざるをえなくなります。するとBE社は彼らをサルベージ取得物と主張できる余地が出てくるのです。

フェーズ2の第一段階は、入植者に今後どうしたいかを質問することです。これは言うほど簡単ではありません（その皮肉さは弊機がいちばんよく知っています。〝なにをしたいか〟と問われても、自分がなにをしたいのかを暗中模索している状態では答えられません。しかし今回はそんな存在論的な疑問ではなく、もっと基本的な話で、「あなたはBE社にサルベージされて、残り一生をその企業奉公契約労働者として送りたいですか？　答え（1）はい、（2）いいえ」ということです）。

問題はだれに質問するかです。

（ティアゴはこう言っています）

（「入植者はこちらの到着時よりも多くのグループに分裂している」）

（ARTが展開した調査ドローンによる初期情報と、さまざまな入植者の通話を分析、照合した結果です）

（「空気バブル内の敷地は二つ以上のエリアに分かれているし、そのほかのグループは居住台地の反対側で複数の居住キャンプを設立している」）

（ＡＲＴの乗組員のなかで交渉専門家のカリームは次のように言いました）

（「簡単には許せないことをおたがいにやったのだから無理もないわ。そもそもの原因が異星遺物汚染であることは了解ずみ。それでも感情的なしこりが解けるまでは時間がかかるでしょうね」）

（「その時間がないのよ」）

（メンサーが言いました）

（自分の身に起きたことを許せないというのは、わからなくもありません。しかし、企業奴隷労働者にされないようにするあいだだけ憎みあうのをやめ、その脅威評価が下がるとまたもとのように憎みあうのです）

シャトルは次の配送車のところへ飛びました。中央コロニー拠点の西にある小さな岩の丘の上、灰緑色でひょろ長い木生シダのような植物の木立にかこまれた場所です。

そのあいだに同時進行の別件も進んでいました。［編集済］がなければ弊機が警備を担当したはずの案件です。退屈だったので三号の映像を巻きもどして最初から見ました。

カリームは三号といっしょにシャトルで降下して、第二次コロニーの離着陸場に降り立ちました。第一次コロニーは前ＣＲ時代コロニーのすぐそばにあり、最初の異星遺物汚染後に放棄されました。第二次コロニーは台地からやや低くなったテラス地形に築かれています。

重機で深く掘削してから上部の居住施設を建てており、外気に露出した区画と、シェルター、食料、重要システムの保護設備をおいた地下区画の二段構えになっています。居住施設の下には斜面をけずってつくった車両基地があり、さらに道を下ると農業施設と水製造プラントがあります。

カリームは入植者の歓迎にこたえました。これはかなり時間を要し、飛ばし見しているうちにリアルタイムに追いつきました。石段を下りているところです。天気は快晴で視界良好。これなら弊機のかわりに自動天候ドローンに監視をまかせてもよかったでしょう。

配送車のほうではアイリスとタリクが整備作業をはじめました。配送車は木生シダの木立にころがった大きな岩のように見えます。そのむこうは赤っぽい植物におおわれた平原で、岩の露頭があちこちに出ています。人間が行方不明になりそうな場所ではありません。ＡＲＴがいて、遠くないところに人間のコロニーがあって、通信が届いて、降下ボックスが動くエレベータが遠くに見えます。エレベータのシャフトはどこまでも高く伸びて、大気圏上層で見えなくなっています。万一シャトルが故障して、通信とフィードが途絶しても、降下ボックスの地上港をめざして歩いていけば、いずれＡＲＴのパスファインダーがみつけて代わりのシャトルをよこしてくれるはずです。

反対方向へ歩いていってもいいはずです。どこまでも歩いていけば、いつかは……。

はい、この部分はあとで削除するようにタグをつけておきます。

三号のドローンのフィードにアクセスしました。カリームに同行しているようすがよく見えます。アーマーではなく環境スーツを着て、人間のふりをしています。三号のフィードをタップして話しかけました。

〈もっとさりげなく。人間らしく歩くコードは有効にしていますか?〉

〈人間らしく歩くコードは有効にしている〉

三号は答えました。しかしそのせいで動きが鈍くなり、関節がはずれかけているように見えます。二秒ほどして続けました。

〈意外と難しい〉

まったく同感です。

〈よくやっています〉

三号が警備ユニットであることを入植者に知られたくありません。怒りっぽくて惑星爆撃が好きな大きな船はこの警備ユニットがお気にいりで、沿道から石が飛んできたら癇癪を起こすにちがいないなどと思われたら困るからです。いまのところ三号は動きがとてもぎこちない強化人間だと思われています。強化人間はこのあたりでそれなりに見かけるはずです。

カリームと三号は入植者の案内で第二次コロニー拠点の中心部にはいっていきました。前CR時代コロニーの残存部分にくらべてはるかに人間の居住施設らしく見えます（それがほめ言葉になるとはここへ来るまで思いませんでした。しかしいまは、〝異星遺物汚染が大規模進行中〟をしめしていなければなんでも高評価します）。露出配管や、リサイクル箱や、装飾的な植栽や、建設中に設計変更した箇所などがあちこちに見え、雑然として人間的です。

すきあらば人の脳を乗っ取ろうとする凶悪な異星のウイルスとはまったくちがいます。実際にそれが起きたのですよ。起きる寸前でした。

ARTもこのフィードを全面的に監視しています。自分の人間たちが惑星に下りることを好ましくないと思っています。

（ミッション出発前のブリーフィング記録は以下のとおりです）

（ART「カリームがコロニーにいるときに入植者や企業人が彼女に危害をくわえようとしたら、その拠点を爆破するという脅しが使えなくなるが、この問題はどうする？」）

（セス「ペリ、ちょっと非公開フィードで話をしようか」）

（アイリス「また冗談言ってるだけよ」）

（ラッティ「そうだよ」）

（弊機「べつの大陸にあるテラフォームエンジンを爆破すると脅せばいいでしょう。有効な目標です」）

（ティアゴ「警備ユニットも冗談言ってやがる」）

（ARTが言ったのはたしかに冗談です。大部分は。アイリスはティアゴへの説明で、ARTはトラウマ経験をまだ内部的に処理できておらず、そのため感情が言葉にあらわれやすいのだと言いました。ティアゴは、それはわかるけれども、やはり人間を脅して楽しんでいるように聞こえると言いました。アイリスはむっとしつつも、〝廊下に出て拳で決着をつけるのは面倒だから、冗談と受け取っておいてやる〟という感じで微笑みました)

(ARTにとってアイリスは、弊機にとってのラッティのような存在です)

(ティアゴの説は誤りです。ARTは人間を脅すことを楽しんではいません。自分の意見を通すことを楽しんでいるのです。そのための手段は各種あり、間接的あるいは非間接的な脅し文句もその一つというだけです。ARTがトラウマ経験を内部的に処理しきれていないというアイリスの見解は、そのとおりです。だからこそ、パスファインダーを爆装して入植者を吹き飛ばすと脅して大成功してしまった事実は憂慮すべきです。とはいえ弊機はいま忙しいのです、はい)

(弊機の提案は冗談ではありません。テラフォームエンジンは最適な目標です。直後にコロニー拠点から全員を避難させ、インフラを回復不能なように破壊すれば、犠牲者はゼロですみます)

(あくまで机上論です)

三号がついているとはいえ、カリームが入植者の案内でドアを抜け、階段を下りて、施設の奥へはいっていくようすは警戒せざるをえませんでした。ARTの人事ファイルによるとカリームはメンサーより年上です。いくら防護環境スーツを着ていても、勇猛果敢な宇宙の探検者には見えません。

一室に通され、石の床に敷かれたクッションに腰を下ろしました。三号はその背後に立とうとしましたが、カリームがふりかえって微笑み、すわるように手で合図しました。それにしたがう三号の動作は、フィードのビデオでよく見る、生まれたてでよちよち歩きの幼獣のようでした。

弊機も最初はそうだったはずです。いや、ほんとうに。

三号の偵察ドローンが天井付近に上がり、三百六十度の視界を得ました。岩を円形にくりぬいた部屋で、ドーム天井の頂点に照明器具が二つあります。入植者たちは床に敷いたクッションにすわって、カリームと対面しています。

その一人が年配の女性の人間、ベラガイアです。前ＣＲ時代の複合施設の爆破後に、ふたたび連絡をとってきた最初の入植者です。第一グループがこちらと交渉する考えを持ったのは彼女の働きのおかげだと、ＡＲＴの乗組員のカエデは考えています。

第二グループのリーダーであるダニスとバリセトも同席しています。〝混乱のあまり自分たちがどうしたいのかわからず、だれも信用できない〟というグループです。今回はベラガイアが説得して同席させています。

こちらがカリームを行かせたのは、ＡＲＴの人間たちのなかで交渉の専門家であるだけでなく、容姿に威圧感がないからです。

ＡＲＴは気を許していませんが、三号は脅威評価が充分に低いと判断しています。

入植者側からは熱い液体のはいった容器やカップが出され、切り分けた食品が皿にのせて添えられました。三人の入植者は地上用作業着ではなく、明るい色の柔らかい服を着て交渉にのぞんでいます。身ぶりやそのほかの気配からも積極的に話したいようすがつたわってきます。

全員が席に落ち着いたところで、カリームが言いました。

「お話しする場をもうけていただき感謝します」

ティアゴの言語モジュールが通訳するあいだ、フィードに数秒の間が生じました。

カリームはあらかじめ準備してきたらしい理性的で冷静で説得力のある態度で話しました。法廷闘争でBE社を止められない場合は、各グループは一時的にまとまって、全入植者を惑星から引き揚げさせたほうがいいと説明しました。ダニスとバリセトは焼身自殺を気軽にすすめられたような顔です。部屋の入口の外には入植者が集まって、話を聞いたり聞くふりをしたり、例によって愚かな意見をはさんだりしています。つまり状況はまったく正常です。

配送車の丘の任務では（立っているだけなのを〝任務〟といえれば）、人間たちは作業を終えようとしています。タリクは木立のむこうの平坦地に着陸したシャトルに工具箱を返しにいっています。アイリスは配送車の診断を終え、チームフィードでカリームの対面交渉を見はじめました。ラッティはデータを見るのをやめて、タリクの背中を見ています。

コロニーのほうでベラガイアが言いました。

「質問をはじめるまえにお話ししておくことが一つ。みなさんに伝えるのをいやがる仲間もいますが……この惑星にはべつのコロニー拠点があります」

ああ、それはわかっています。第一次コロニー拠点とほかのグループの拠点のことなら。

カリームは突然の表明に対応するまで三秒かかりました(困惑をおもてに出さないところはメンサーなみです)。中立的で穏やかな表情のまま答えました。

「もちろんその方たちの要望にも対応できるはずです」ダニスとバリセトをしめして続けます。「今回欠席しているグループがあるなら……」

ベラガイアはさえぎりました。

「いいえ、このあたりのグループとはべつです」

ダニスとバリセトは、〝やめてくれ〟という顔をベラガイアにむけています。とにかく話されるのが不愉快なようです。

「まったくべつの拠点があります。三十年近くまえに袂を分かった人々で、北極のテラフォームエンジンの近くに住んでいます」

チームフィードでARTが言いました。

〈クソったれ〉

弊機は声に出して言いました。

「冗談じゃない」

入植者がさらに増えるのは好ましくありません。人間たちが立ててきた対応計画やリソース評価や計算がいちからやりなおしです。

なによりこの惑星にいる期間が延びます。

ARTの船内ラウンジで中継を見ていたマーティンは、カップから熱い液体をこぼしそうになりました。

「なんだと？」

隣にすわったカエデは、インターコムを押しました。

「セス、ちょっと来て」

こちらの配送車の丘では、まずアイリスがつぶやきました。

「どういうこと？」

ラッティはなにごとかと弊機を見ています。自分たちのチームにだけ注意して、フィードを見ていませんでした。シャトルからもどる途中のタリクは、なにか起きたらしいと気づいて小走りになりました。そこでカリームのミッションフィードにラッティとタリクを追加してやりました。説明するより早いでしょう。

コロニーの地下室で、カリームは眉を上げました。

「べつの居住拠点ですか？」

あえてひかえめな反応にとどめています。メンサーでもそうするでしょう。フィードでは次のように訊きました。

〈ほかの大陸のテラフォーム基地はどれも無人施設のはずよね？〉

ＡＲＴは答えました。

〈そのとおりだ。頭がおかしいんじゃないのかい〉

〈こうなると、どんな話が出てもおかしくないわね〉

ベラガイアは説明しました。

「汚染報告が出はじめた初期の段階で去っていったのです。それでも当初は連絡があり、祝日の一時帰省もしていました。でも長年のあいだに疎遠になりました。いまではこちらから呼びかける手段はなく、むこうからの連絡を待つしかありません」

それを聞いて小さな希望を持ちました。空想ではないでしょうか。人間は空想が好きです。人間のメディアがおもしろいのはそのおかげです。

カリームもなんらかの希望を持ったらしく、抑揚のない口調で尋ねました。

「むこうからの連絡を待つしかないというのはなぜ？」

ベラガイアは説明しました。

「むこうでは通信機器が使えないのです。テラフォームエンジンの干渉で」

チームフィードでアイリスが尋ねました。

〈ペリ、そんな干渉があるとすると、初期にやった信号スキャンが阻害された可能性があるわね〉

ＡＲＴは答えました。

〈あるね。しかし活動中のコロニー拠点の位置さえ特定できれば、あえて詳細にスキャンする必要性はなかった〉

セスがあきらめたように言います。

〈ということは、べつのコロニー拠点があってもおかしくないわけか〉

カエデはまだ疑問を呈（てい）します。

〈降下ボックスのステーションでみつけたマッピングデータには載ってないわよ〉

マーティンも言います。

〈北極のテラフォームエンジンは画像で確認したんじゃなかったっけ?〉

ARTは答えました。

〈再構成スキャン画像を作成してエンジン本体は確認したけど、周辺の土地についてはそこまでやっていないよ〉

コロニーの地下室でベラガイアが説明しています。

「こちらから話したければ現地へ行くしかありません。とはいえ今回の感染爆発があったので人を送るのは不安です。汚染を広げかねない。むこうを感染させたくないんです」

ダニスがつぶやきました。

「感染の心配はないはずよ」頑迷（がんめい）と思われても説得をこばむ態度にもどっています。「たぶんみんな死んでるから」

入口に立つ人々の一人が言いました。

「俺たちは生きのびてきたぞ。これまでな」

その背後でだれかがつぶやきました。

「あんたのおかげじゃねえよ」

しかしまわりの人々は無視しています。

「なるほど」

カリームは眉間に皺をつくっています。フィードで聞こえるさまざまな意見のせいで気が散るようです。フィルターをかけてやろうとしたとき、ＡＲＴが言いました。

〈ミッションフィードでの無駄口は控えな〉

するとみんな静かになりました。こちらは全員の性格がわかっているので、ラッティとタリクは読み取りのみの設定にしていました。

コロニー地下室のカリームは言いました。

「場所は北極なのですね？」

ベラガイアはうなずきました。

「はい、テラフォームエンジンの整備基地の近くです。エンジンが自動稼働をはじめるまで整備を担当していた初期の技術者が大半です。生活拠点にするのにいい場所をみつけたと言っていました」

カリームは考えをめぐらせました。

「わたしたちから話して警告したほうがいいでしょう。ＢＥ社はそのグループについて知っていますか？」

ベラガイアは首を振りつつ、ダニスをじっと見ました。

「わかりません」

ダニスは気色ばみました。

「うちのグループは話したりしない」

バリセトも言いました。

「こちらのグループも話さない」

ダニスは可能性を認めました。

「ほかのグループかもしれない。一部はまだ混乱してるから」

すると入口の野次馬（やじうま）たちが多くの意見を述べはじめました。ダニスのグループも混乱していると言いたいようです。三号は、野次馬たちの身ぶりや行動はいまのところ敵対的でないと報告してきました。ええ、そんなことはばかでもわかりますよ（そうは返事していません。〝了解〟と返しただけです）。

入口の人垣をかきわけて一人が進み出ました。

「あの拠点は第二次コロニー拠点とはみなせない。コロニー設立宣言書の原文にはふくまれてない」

ＡＲＴのラウンジでセスが両手で顔をおおってうめきました。その意味はすぐにわかりませんでしたが、こちらだって両手で顔をおおってうめきたいです。いつものことです。

ああ、なるほど、意味がわかりました。大学は、この惑星がサルベージ取得物ではなく、主権を有する政体であると主張する訴訟を準備しています。その根拠となるコロニー設立宣言書の原文は、ピン・リーとそのほかの人間たちが〝再作成〟つまり偽造しているところです。この問題はそこに影響するでしょう。そして新たなＢＥ探査船がやってきたいま、時間の猶予はありません。

　惑星は大きいので、ほかにも着陸地点や居住拠点を見逃している可能性はあります。ＡＲＴはどこかの段階で地表をスキャンして、拠点をおおう空気バブルの有無を調べたはずです（ふだん裏でなにをやっているのかはわかりません）。しかし弊機がこの星系に来たときにはすでに自分の乗組員の捜索にかかりきりでした。

　マッピングスキャンをやれば環境に溶けこむタイプの居住施設も発見できます。これは衛星からやるのが普通です（パスファインダーを使ってもできますが、ＡＲＴはその大半を爆装してしまいました）。しかしこの惑星にまともな衛星は残っていません。軌道をめぐっているのは破壊されたデブリばかりで、企業リムのものか前ＣＲ時代のものかもわからないほど小さな断片になっています。

　ＡＲＴが言いました。

〈テラフォームエンジンは信号干渉を起こすので、通信もフィードも阻害される〉

　ええ、そのはずですね。ＡＲＴは続けました。

〈そして拠点をおおう規模の空気バブルの設置にも干渉するはず〉

　セスは渋面になって過去のレポートをめくっています。

〈そうだな、たしかに。パスファインダーを使った初期のスキャンでは空気バブルを探していた〉

　カリームは地下室でうなずきました。

「わかりました。では……そのべつのコロニー拠点についてほかにわかることはありますか？」

ベラガイアは背後の入口をしめして言いました。

「コーリアンです」その人物をしめす人称代名詞を、言語モジュールは次の発音に翻訳しました。「ヴィーは歴史学者です」

コーリアンは人ごみをかきわけて部屋にはいってくると、カリームに正対して床にすわり、足を組みました。三号は警戒していないので安心していいでしょう。脅威評価によれば敵意はなく、話をしたいだけのようです。ヴィーは胸に手をあてて言いました。

「わたしは記録を管理している。わかるか？　個人的な記憶ではない」

カリームはうなずきました。

「わかります」

コーリアンは話す機会を待っていたらしい熱心な表情です。

「連絡が途絶えたのは二十年前だ。それまでは連絡の記録がある。整備技術者はテラフォームの進捗を調べるために鳥を飛ばしたらしいが、確認はできなかった。エンジンの干渉がひどくて」

人垣のだれかが反論しました。

「接続は明瞭だったと叔母が……」

ベラガイアはカリームを注視しながらも、騒がしさに気づいてそちらに言いました。

「静かに。コーリアンに話させなさい」

驚いたことにたちまち静まりました。

コーリアンは続けました。

「問題は遺物汚染だけではないんだ。去っていった時期の日誌類を読むと、彼らは分離派だとわかる。さまざまな問題でさまざまな対立があった。連絡がないのはそのせいだ。拠点の場所は教えたくてもできない。知らないし、むこうは教えたがらない」

カリームもほかの乗組員とおなじく〝かんべんしてよ〟と頭をかかえたい場面があったはずですが、表情には出していません。入植者を見まわしました。

「だいじな話を教えていただいてありがとうございます。BE社には伏せておきます」

そこですこしためらいました。命令的に聞こえないように言葉を選んでいます。

「今後についてみなさんはまだ決断していないはずです。決めるまではこのことをBE社に話さないほうが賢明でしょう」

ARTが口を出しました。

〈すでに知ってるかもしれないけどね〉

コーリアンはカリームをまっすぐ見たまま答えた。

「その用心は重要だ。ただ、大きな懸念(けねん)はべつにある。日誌類に書かれた噂では、彼らは地下に住んでいるらしい。洞窟系(どうくつけい)のようなところに」

カリームの表情が暗くなり、肩がこわばるのを三号のドローンがとらえました。弊機もです、カリーム。弊機もですよ。彼女はおうむ返しにしました。

「洞窟系のようなところ?」

ダニスが首を振りました。

「あの地域の地質で、コロニーを築けるほど大規模な洞窟系? ありえない」

うーん、冗談ではありませんよ。二カ所のようすが同時に見えます。
(a)実景として見る配送車の丘では、ラッティが空にむかって拳を振り、タリクが髪をかきむしり、アイリスがすわったまま顔をしかめています。
(b)ARTのラウンジを映したフィードでは、セスが頭をテーブルに軽く打ちつけ、マーティンがその背中に手をおいています。
地下室でカリームが言いました。

「とすると、前CR時代のもう一つの拠点ですか? あるいは異星遺物の埋蔵地?」

コーリアンが答えました。

「おそらく前CR時代のだろう。とはいえ――」手を広げます。「――問題は明白だ」

ええ、問題は明白です。

プリザベーションの即応船にいるメンサーがこちらのフィードをタップしてきました。

〈セスから想定外の事態だとメッセージがはいったんだけど、カリームは無事?〉

〈はい。とても楽しい新情報を聞いているところです〉

そして会談の最新部分を転送しました。

ほかの入植者は口々に反論を試みています。前CR時代の拠点がほかに存在する証拠はないとか、まして異星遺物の埋蔵地などないとか、なにを根拠にそんなことをとか。ベラガイアはそんな野次馬たちを疲れた顔で見ています。

カリームはコーリアンを注視してその話を聞いていました。話が終わると尋ねました。

「その拠点の所在地についてもうすこし情報はありませんか?」

無駄でした。コーリアンにはそれ以上詳しくわからず、ほかのだれもわかりません。通信が阻害されるほどテラフォームエンジンのそばというだけです。コーリアンは調べられるかぎりの記録を調べて、過去二十年間に分離派と話した者が生存していないか探したものの、みつからなかったようです。

そのあいだにメンサーがフィードの映像を見終わり、つぶやきました。

「ああ、冗談じゃないわ」

まったくです。

3

その時点から戦いがはじまりました。戦いというか論争というか、とにかく人間たちは興奮してこれからなにをすべきかを主張しあいました。

カリームは対面交渉の当初の目的どおり、入植者たちを大学側で避難させて、BE社の労働キャンプ送りを防ぐという基本方針に同意をとりつけなくてはいけません。セスとマーテインとカエデは、即応船にいるメンサーとピン・リーに通話チャンネルをつないで、論争というか議論というか、とにかく激論しています。ティアゴとトゥリとオバースはそれまでの作業を中断してこの第一ミッションに加わり、カリームに助言したり、必要なことを調べたりしはじめました。マッテオとアラダは医療システムのアップグレード作業を続けています。

こちらはこれらのフィードを非優先に落として、三号のチャンネルだけを開いておきました。三号はあわてず騒がずカリームのそばにすわりつづけるという、いい仕事をしています。

残念ながらこちらは、立っているだけではいい仕事にならなくなりました。配送車の丘の三人の人間は、どうやら捏造ではないらしい新コロニー拠点を調べにいくと志願したのです。タリクは言いました。

「BE社に気づかれずに現地へ行くには、俺たちは好位置にいる」

ラッティとアイリスはすでにシャトルの装備と補給品の一覧をチームのサブフィードに上げて点検中です。

通話チャンネルでメンサーが言いました。

「悪くない考えね」

即応船からの通話は映像なしですが、食堂のカメラ映像をARTが送ってくれました。メンサーはそこで空中に浮かんだホロディスプレイを見ながら対応しています。チームの全体フィードにだれかが上げた行動予定表で、アイリスがちょうど配送車整備の項目を完了に更新しました。それを見てメンサーは続けました。

「最後の配送車もいま仕上がったらしいし、本人たちがその気なら時間はあるわ」

ふたたびARTのラウンジからマーティンが言いました。

「むこうの入植者に事前連絡なしでの訪問になる。そこが心配だな」

カエデも同調しました。

「そうなのよね。アポなし訪問は危険。でもむこうは通信拒否してるわけではないわ。こっちで起きていることを知らないだけという可能性が高い」

ARTはテラフォームエンジンを調べた全データを複数のディスプレイに流しています。地表スキャンの生データを再構成してエンジンを〝見る〟ことができますし、実際に人間の視覚より高精細です。ただし周辺の地形は推定で、おおまかに描かれているだけです。エンジンが発生させる信号ノイズのせいでそこまでしか拾えません。これが入植者のいう無信号(ブラックアウト)ゾーンです。

パスファインダーを送っても電磁的なスキャンは不可能。光学映像だけを撮影し、通信可能な地点に出てからARTにデータを送るしかありません。BE社はもちろんこちらの行動に目を光らせているはずですが、惑星は大きいのでもれなく監視するのは無理ですし、その点はおたがいさまです。ARTのパスファインダーがブラックアウトゾーンにはいるのを見られても、テラフォームエンジンの状態についてデータ収集するのだと釈明(しゃくめい)できます。しかしそのパスファインダーが出てきて報告を送信し、直後にシャトルがゾーンにはいっていったら、なにかを発見してひそかに調べにいったとBE社は判断するでしょう。それならいっそシャトルとパスファインダーを同時に進入させ、テラフォームエンジンの点検と申告するのが無難(ぶなん)です。

とまあ、いろいろと述べましたが、これらはARTがすでに準備しています。

セスは手の付け根を額にあててラウンジを歩きまわっていて、弊機(へいき)とおなじ気分のようです。

「アイリス、むこうに入植者がほんとうにいるか確認したら、接触は自分の判断でやれ。わかったな?」

「わかったわ」

アイリスはタリク、ラッティと順番に見て、目で同意をとりつけました。

「警備ユニット？」

呼ばれてようやくこちらにも視線がむいているのに気づきました。

「もちろん行きます」

人間たちはすでに行く気なのです。同行しないわけにいかないでしょう。

アイリスとタリクはラッティを見ました。本人はいかにも不安を隠した顔で言いました。

「よーし、行こう！」

セスからアイリスへ非公開メッセージが飛んだのがわかりました。

〈気をつけろ、娘よ〉

さらにマーティンから、

〈なるべく連絡を欠かすな！　そしてむこうの天気に気をつけて！〉

アイリスはそれぞれに、

〈はい、パパ〉

〈わかってる、パパ〉

と答えて、笑顔の絵文字を添えました。

岩だらけの丘を下って木生（もくせい）シダの木立（こだち）からシャトルのほうへ歩きながら、周辺をパトロールさせていた偵察ドローン一号、二号、三号を呼びもどしました。

〈そうです、ドローンも問題です。この惑星にいたくない理由の一つが、ドローンが五機しかないことです。アメナといっしょにARTに誘拐されたときに多くを残してきたので最初から手持ちが少なく、そのあともいろいろあって残りは五機。三号に一機をついていかせたあとに、こちらの救援に呼び出され、そのときARTの船内に一機を残しました。すべて喪失すると困るので保険です。というわけで現状で手もとにあるのは三機だけ。その三機で周辺のパトロールをやらせています。不愉快なBE社のチームや不愉快なその警備ユニットに知らぬまに接近されないための用心です〉

メンサーがこちらの非公開フィードをタップしてきました。

〈気がすすまないなら行かなくていいのよ。タリクは警備の専門技能を持っているし、まかせられるなら三号に行ってもらってもいい〉

タリクは人間です。孤立した入植者集団に初めて接触するときに、守るべき人間たちを無監視の三号にゆだねるのはもっと気がすすみません。

〈行けます〉

プライバシーを架空の概念としか思っていないARTが割りこんできました。

〈シャトル常備の作戦ドローンに自分をダウンロードしておく〉

メンサーが答えました。

〈いい考えね。ありがとう、ペリヘリオン〉

たしかにいいでしょう。ミッション中の退屈な時間にいっしょにメディアを視聴できます。アラダ、アメナ、オバース、ピン・リーから計四本の非公開メッセージが届いていますが、いまは対応できません。メンサーのまえで強気の演技をするだけでせいいっぱいです。それらを彼女に転送してお願いしました。

〈心配いらないとかわりに返事をしておいてくれませんか〉

こんなことを言うのは不愉快です。手足の一本を恒久的に失うわけでもないのに。

メンサーが着信キューを見るあいだ、沈黙がありました。

〈心配無用と伝えておくわ。すこし余裕がないだけだと。幸運を〉


チームフィードでARTが言いました。

〈あと一・〇三分で、通信およびフィードのブラックアウトにはいるよ〉

視聴中のメディアを停止して起き上がりました。最近は『サンクチュアリームーン』をよく見ていますが、今回はARTがミヒラの人間たちのあいだで人気のシリーズを見たがりました。人類がその起源の星系から初めて旅立つようすを描いた時代物フィクションです。おなじテーマのドキュメンタリータッチの作品は何本か見ていますが、このシリーズは史実を軸に、宇宙戦闘や遭難者の救出や宇宙のモンスターや惑星への小惑星落としなどの楽しいドラマを組みあわせています（小惑星落としはまるで史実のように描かれますが、ほんとうにやろうとしたら砲艦が続々と集まって阻止されるでしょう）。とにかくいい作品でした。ただしそういう感想はARTに言いませんでした。

眼下の山脈はごつごつした岩峰や崖だらけで、早く通過してしまいたいと感じます。いま乗っているのはARTの長距離シャトルで、最低価格落札業者が製造整備した元弊社のホッパーではありません。安全装備と非常用装備を（弊機のほかにも）搭載し、座席区画の後方には小さな寝台付きの予備船室、小型の医療ユニット、狭い食堂、貨物と科学サンプルの倉庫があり、トイレにはシャワーユニットまで付属しています。それでも脆弱な人間たちを鉄の箱にいれてぎざぎざの岩の上を長時間にわたって飛ばしていることに変わりはなく、弊機の脅威評価モジュールはぴりぴりしています。激突すれば死をまぬがれない山肌がいくつもあり、リスク評価が断続的に跳ね上がります。

「了解、ペリ」

タリクが答えました。アイリスとともに操縦室にすわっています。座席区画とのあいだは隔壁で仕切られていますが、ハッチは開いています。前列の席にすわったラッティと会話するためです。人間たちは安全プロトコルにしたがって環境スーツを着用していますが、ヘルメットはたたんでいます。アイリスは巻き毛の髪をヘッドバンドかスカーフのようなものでまとめています。

操縦席にはタリクがすわっています。ただし操縦そのものは、ARTが誘導システムにいれたボットパイロットがやっています。操縦がボットまかせのときでも操縦席には人間または警備ユニットが常時すわっていなくてはなりません。その人間または警備ユニットは操縦法を知っていることが推奨されます（その条件が満たされない契約任務を数多くこなした弊機が、いまも（おおむね）無事な姿でいるのは驚くべきことです）。

弊機はシャトル操縦のモジュールを持ちません。人間やARTが突然操縦できなくなったり、破滅的な機械故障が起きた場合になにもできません（不愉快です。そんな非常時にそなえてシャトル操縦モジュールくらい組みこむべきです。人間が全員動けなくなって、シャトルで母船や宇宙ステーションへ運べるのが警備ユニットだけという状況になったらどうするのでしょうか。警備ユニットが暴走してシャトルを輸送船や採掘施設に突っこませる危機シナリオより、そちらのほうがよほどありそうです。輸送船と採掘施設を効率的に破壊する手段はほかにいくらでもあります）。

アイリスは操縦室から出て、ラッティの席の横にある窓からいっしょに外を見はじめました。地表の水や植物の痕跡を指さしながら話しています。テラフォームが進展している証拠ですが、だからこそ異星遺物汚染がとても厄介です。

ARTの人間たちがパスファインダーでおこなった初期評価によると、アダマンタイン社はテラフォームエンジンがもし停止しても惑星が無価値にならないように、高価なプロセスを採用したようです。その点はミルー星のグレイクリス社とはちがいます。あの胸クソ悪い事件の続報をプリザベーション連合滞在中にニュースフィードで聞いたところによると、グッドナイトランダー・インディペンデント社が惑星をサルベージ品として取得し、環境を回復する試みをはじめているようです。

調査任務に出てからはもちろんニュースフィードをまったく見ていません。弊機と人間たちの誘拐事件は報じられているでしょうか。メンサーは惑星指導者の任期満了後はジャーナリストとあまり接触していません。それでも実子の一人であるアメナが宇宙戦闘のすえに誘拐されたというのは、すくなくともプリザベーション連合では大事件のはずです（視聴メディアではよくある展開ですが、そこは実生活とフィクションにおける期待度のちがいです）。

しかもメンサーの暴走警備ユニットがかかわっているとジャーナリストが知ったらどうなるでしょうか。ニュースフィードが取材をはじめて、誘拐犯がARTであることも明るみに出るでしょう。失われたコロニーをめぐる大学の計画が調べられたら多方面に迷惑がかかるはずです。たくさんの人間、強化人間、ボット、普通の調査船のふりをしている独断専行で重武装した機械知性体など、大学に関係するあらゆる人と存在が不愉快なめにあうでしょう。やれやれ、心配事が増えます。守るべき人間がグループで追加されると状況が複雑になるのは当然ですが。うーん、複雑な状況にも対応できるようになりたいです。あらゆるものに対応できるように。

［編集済］

メンサーは調査船が攻撃を受けて一時間とたたずに、即応船でプリザベーション・ステーションを出発してきました。ARTがワームホール進入時に投下した位置データブイを発見してすぐ出港したようです。そのため彼女も乗組員もニュースフィードの更新データを見ていません。新たに到着したBE社の探査船も、出港地しだいでは最新ニュースを知らないでしょう。

（真偽不明の情報がプリザベーション連合から出て、ステーションからステーションへ、惑星から惑星へぐるぐるまわったかもしれません。インダー上級警備局員は捜査中の事案だか

らと口を閉ざしたかもしれませんが、安易な期待はできません）

（まあ、たしかに、プリザベーション・ステーション警備局は最初に到着したときの最低最悪の印象にくらべればましなところだったと認められます。それでも、交通事故対応と安全システムの管理と危険貨物取扱規則の確認が業務の大半というお役所にすぎません。手がかり皆無の誘拐事件について相手かまわず吹聴して事態を悪化させ、インダー上級局員から大目玉をくらいそうな職員が五人は思い浮かびます。いいえ、六人です）

とにかく、大学が支援船を送ってくるかどうかわかりませんが、それまで確定的なデータはありません。推定の長期脅威評価に織りこんで、懸念レベルを相応に上げるだけです。

〈ART、〝相応〟の定義は？〉

〈〝比例〟と同義だよ〉

ARTのドローンが後列の座席から浮上して、多数の細いアームを広げて伸ばしました。自律モードにはまだ移行していませんが、ブラックアウトは四十二秒後に迫っています。幅十五センチメートルの楕円の薄い板状で、表面に折りたたまれた外肢を何本も持ちます。惑星探査や接触ミッションに役に立ちそうな姿ですが、ARTのことなのでほかになにを隠しているかわかりません。

〈任務にかかわる重要な質問なのかい？〉

そもそも質問のつもりではなかったので返事はしませんでした。たしかにこのドローンはARTです。同時にARTはボットパイロットとしてシャトルを操縦し、中央コロニー拠点にいる三号の行動をモニターし、エンジンの修理を進め、日常の輸送機能を維持し、BE船をセンサーで監視して攻撃の口実になりそうな行動を探し（手を出してきたのはむこうだと指摘するでしょう）、さらにセスが食事休憩中に高炭水化物プロテインを選んでいることについて本人と議論し、マーティンとアイリスに報告すると脅しているところです。船のボットは注意力の分散に限度があるものですが、ARTは特別なようです。

（弊機もボットパイロットの制御インターフェースに自分をアップロードしてウイルス攻撃をおこなったことがあります。そのときは深刻なクラッシュを起こし、メモリーテーブルをゼロから再構築するはめになりました。アーカイブデータが人間の神経組織に保存されていなかったらお手上げでした（そのときにかぎっては役に立ったわけです）。ARTのアーキテクチャ全体をアップロードしようとしたら、最長で何秒もかかります）

（汚染されたBE探査船にウイルス攻撃をかけたときに二・〇を作成せざるをえなかったのは、そのためです）

（いまも二・〇がいたら、きっとあんなことには［編集済］）

分割バージョンのARTは担当する機能によって性格がすこしずつ異なります。たとえばARTドローンは船いっぱいの人間を守る状況ではないので、爆弾を破裂させてから要求を突きつけるような無茶はしないはずです。

タリクがブラックアウト地点にむけてカウントダウンをはじめました。

チームフィードでARTが言いました。

〈自律モードに移行する。幸運を〉

アイリスが笑顔で答えました。

「了解。ありがとう、ペリ。そっちも気をつけて。あとでまた」

こちらの非公開フィード上でもＡＲＴは言いました。

〈人間たちを頼む。自分も気をつけろ〉

返事をするより先に、ＡＲＴの存在感と、そのカメラ映像とフィードと通話と、ＡＲＴの船内で人間たちが働いたり話したりしているようすと、プリザベーションの即応船にいるメンサーやほかの人間たちとの通話チャンネルの会話が消えました。ぷつりと切れたのではなく、声や信号が遠ざかり、ざわざわと反響しながら消えていきました。

脅威評価が跳ね上がって、もどりました。今回にかぎっては適切なリスク評価です。いくら想定ずみの状況で、パスファインダーのようなリソースもあるとはいえ、母船との通話やフィード接続を失って作戦行動に影響なしとはいきません。

シャトルのフィードは残っています。人間三人と、健全なドローン三機と、併走するパスファインダーがいますが、それでも奇妙な孤独感があります。ＡＲＴドローンはすでに活動していません。まえより小さくなったように感じられるフィードで言いました。

〈いまの消える演出は不必要にドラマチックだったね〉

アイリスが惑星データをフィードでなにげなくいじりながら言いました。

「自分で演出しておいてよく言うわね」

ラッティが驚いたように言いました。

「いまの……奇妙な消え方は、ペリヘリオンの演出？」

座席で体をひねってうしろのARTドローンを見ました。

操縦室のタリクが言います。

「奇妙なのは今回の任務すべてさ」

ARTドローンは言いました。

〈ペリヘリオンは一部の乗組員にとても寛容だからだ。ところで、アイリス、安全ベルトをちゃんと締めな。窓の内側にぶつかってけがするよ〉

はい、ARTドローンもやはりARTです。ただし自分を三人称で呼んでいます。ダウンロードは最新なので、いっしょに見ていたドラマを最初から見なおす必要はありません。中断していたところから視聴再開しながら、シャトルはブラックアウトゾーンの奥へはいっていきました。


テラフォームエンジンが視程内に近づくと、シャトルはゆっくり高度を下げはじめました。弊機はカメラ映像を見ました。ついてくるARTのパスファインダーから確認が来ました。これらは爆装しておらず、本来の任務用です。あちこち飛びまわって惑星各地の地形図やさまざまなデータマップを作成します。これまでは中央コロニー拠点の周辺エリアにいました。ブラックアウトゾーンに進入して以後、そのフィードは途切れがちです。それでもシャトルのすぐそばにいれば限定的な通信はできます。これは有益な観察結果です。テラフォームエンジンの信号干渉でブラックアウトゾーンの内と外で通信できないのはわかっていましたが、近距離ならチームの通話やフィードは通じるのではと予想していたからです。ただし地表スキャンはシャトルからもパスファインダーからも残念ながら阻害されます。

当面はマッピング作業ができないので、パスファインダーはシャトル後方で編隊を組んで追従するようにARTドローンが命じています。

山脈は遠ざかり、平原を飛んでいます。凍土だろうと思われますが、地表スキャンができないので注釈データがフィードに表示されません。

シャトルの前方カメラはテラフォームエンジンを中心に映しています。拡大するととても大きく見えます。平原になかば埋まって、小山のように盛り上がっています。鉄骨の塔や丸い構造物や太い配管がからみあいながら頂上へ登っています。弊機が大きいというのですから、ほんとうに大きい。プリザベーション連合のコロニー船なみの大きさです。あれを惑星の地表になかば埋めて鉄骨と配管を大量に這わせればこの姿になるでしょう。

テラフォームエンジンは、入植者の到着にさきがけてアダマンタイン社の初期チームが設置しました。外側についているのは亜空間推進能力のある輸送モジュール。牽引してワームホールを通り、星系内に投入。自力で惑星に接近し、着陸までこなします。エンジンモジュールといっしょに、テラフォーム機材の組み立てと設置に専門技能を持つ人間の作業員とボットのチームも同行しました。地上でつなぐべきところをつないで稼働開始。以上は、降下ボックスの運用ステーションでダウンロードしたアダマンタイン社のパンフレットに書かれていました。

(あくまで順調であればの話です。最低価格落札業者が製造し、組み立てたテラフォームエンジンだとしたら順調に動く保証はありません)

シャトルは減速し、エンジンの小山を中心に円旋回をはじめました。危険域の周囲にはマーカーブイが浮かび、ノイズだらけの警告を通話とフィードで流しています。境界のブイがあちこち欠落しているのは、長年のうちに故障したのか、隕石がぶつかったのか、異常気象で飛ばされたのか。それとも航空機の翼が接触したのか。惑星の四十年といえばなにが起きてもおかしくありません。

テラフォームエンジンの機能は詳しく知りませんが、大気を変化させるのですから、この地域で入植者が居住施設に空気バブルをかぶせる場合には安全な距離をおくべきでしょう。しかしそもそもパスファインダーの観測では視界の範囲に空気バブルらしいものはありません。

人間たちもそれに気づいています。ラッティが言いました。

「となると、やっぱりそうなのかなあ。前CR時代に掘られた人工の洞窟系のなかに地下居住施設を発見したか、建設したってこと?」

アイリスは担当チームが作成したコロニー発展史を調べました。

「建設機材を持っているのはたしかよ。地上に居住施設をつくるよりいいと考えたのかもしれない。テラフォームエンジンが近すぎることや、この地域の気象条件を考慮して」

ラッティは疑わしげです。

「中央拠点で異星遺物汚染が起きたのを知っていながら？」

アイリスは眉（まゆ）をひそめています。自分で出した結論が気にいらないようです。

「前CR時代の遺跡をみつけたという部分は創作ではないかと期待していたのよ。北極へ去った分裂グループの話をおもしろおかしく伝えるために、中央拠点の入植者たちがつけた尾ひれじゃないかと」

ラッティはその仮説を考えました。

「ありそうだね。中央コロニーから見えるところに前CR時代の壮麗（そうれい）な建築物があったんだから、べつの場所にもっと奇怪なものがあってもおかしくない。そこに住みついたのは命知らずの荒くれ者集団か、あるいは不気味で恐ろしい人々か」

アイリスは口をさらにへの字に曲げました。

「自分たちのコミュニティを嫌ったグループが独立して遠くへ去ったと正直に認めるより楽かもしれない」首を振って小さくため息をつきます。「対立の原因がわかればいいんだけど。歴史的経緯（けいい）を理解しているほうが、避難にむけて融和（ゆうわ）的な行動をうながしやすいでしょう」

タリクが釘をさしました。

「コロニーまるごと心理セラピーなんて無理だぜ。たとえ必要でも」

ラッティは続けました。

「でも話が真実で、前CR時代の拠点をほんとうに発見したんだとしたら？　いっぺんに謎めいた状況になるよ」

人間はほかの人間の思考を読めなくてさいわいです。人間の脳細胞などどろくでもないとわかるだけです。

ラッティは自分の考えを打ち消すように手を振りました。

「データもなしに推測をめぐらせるのはよくないね。普通に考えれば、アダマンタイン時代の初期のテラフォーム隊がつくった施設に住みついたか、あるいは残された掘削機械で自前のなにかを建設したかだろう」

タリクは長距離カメラの映像を次々と切り換えています。

「データもなにも、住民がいることをしめす痕跡がない。道路も建物も、なにもなし。ペリ、テラフォームエンジンの干渉が奇跡的に止まって、パスファインダーがスキャン可能になってたりしないか？」

〈奇跡など期待するんじゃないよ〉

ARTドローンはミッション出発前に作成した注釈入りの表を、チームフィードとシャトルの空中ディスプレイに出しました。表では、この大陸に第二次コロニーないし居住施設が存在することをARTの初期惑星スキャンで探知できなかった原因として、三つの可能性を推測しています。
（1）テラフォームエンジンの通常運転による強力な電波干渉で電力使用や信号活動が隠蔽

されることを、ここの入植者は意図的に利用してこの場所に拠点を築いている。
（2）入植者は住みたい場所に拠点を築いただけで、テラフォームエンジンによる電波干渉は気にしていない。ほかの入植者は彼らの居場所を知っているので問題にならない。
（3）異星遺物汚染やその他の原因で入植者は全員死亡している。電力使用や信号活動を探知できないのはそのため。
さらにARTドローンは説明をくわえました。

〈これまでわかったとおり、パスファインダーや警告ブイとのあいだで限定的な通信は可能だ。近距離からの通信呼びかけはむこうの人間たちに届いていると考えられる。ということは、人間たちは死んでいるか、通信機器が故障しているか、潜伏を続けるために無視しているかだ〉

ラッティは調査データ中にある大きなしみのような空白地帯に眉をひそめています。

「中央コロニー拠点での出来事がほとんど伝わっていないかもしれないよ。おびえて返事をできないのかも」

〈だとすると、この惑星で会ったどの集団よりも警戒心が強いといえるね〉

するとアイリスが言いました。

「ひとまず好意的に解釈しましょう。わたしたちがだれで、なんのために接触を望んでいるのかを説明する映像を録画して、連続放送すればいいわ」

シャトルもパスファインダーもスキャンが無効なので、光学的な手段で人間の居住施設を探すしかありません。視覚的な録画ならテラフォームエンジンの干渉を受けません。ただし、このシャトルはただのシャトルで調査専用機ではないので、映像データを調査、解釈するパッケージを搭載していません。スキャンデータしかあつかえません。必要になるとはだれも思わなかったのです。

ARTドローンはすでにシャトル内のすべてのフィードをこちらに開放して、さらに共有の新しい処理空間を開いてくれました。そこにシャトルのカメラで撮影している地形映像データを流しこみ、検索可能なようにフォーマットしました。ARTドローンは共有空間での作業を見て、地表または地下で人間が活動している証拠かもしれない地形的特徴および非連続部分のリストを送ってきました。これでだいぶ手間がはぶけました。ARTドローンの処理空間とのあいだで比較をはじめました。

タリクはシャトルをテラフォームエンジンから離して空中待機の飛行パターンにいれました。アイリスは自分でメッセージを録画して、放送しはじめました。このあとどうするかを人間たちは相談し、アイリスとラッティは最初期の調査データを出して検討しはじめました。といっても最初期のデータは不完全です。アダマンタイン社は敵対的買収で会社が消滅したときに、コロニーを乗っ取りから守る目的で意図的に関連ファイルを破損させたらしいのです。

データを見ながら、タリクが言いました。

「警備ユニットも議論にくわわりたいか?」

座席区画の天井付近に上げた偵察ドローン三号で、ラッティがこちらを見たのがわかりました。どう見えたでしょうか。顔は普段どおりのはずです。しかし実際には多くの仕事を処理しているさいちゅうで、ビジーだとわかるなんらかのサインにラッティは気づいたようです(膨大な処理量です。ARTドローンから入力と処理空間を提供してもらわなければ不可能でした。さらに誤検出反応が大量にあり、一つずつ見て判断するしかありません(例24３６０２-６３９a:いいえ、これは人間がつくった建造物ではなく、ただの奇妙な岩です)。この作業はさすがに非優先ではできません。ARTの助けがあっても無理です)。

ラッティは言いました。

「いまなにか作業中みたいだよ」

三秒後に結果が出ました。まだ検証すべきデータポイントが残っていますが、ちょうどいいタイミングなので発表するべきでしょう。処理を中断して言いました。

「離着陸場を映像でみつけました」

チームフィードと空中ディスプレイに送りました。

小山のようなテラフォームエンジンから北西、危険域から二キロメートルほど外に、砂塵におおわれているものの、あきらかに不自然に平坦な地形があります。土が堆積して輪郭が不明瞭ですが、八角形のようです。コロニーの航空機を二機着陸させ、安全要件を守った間隔で駐機できる広さがあります(中央コロニー拠点には初期から残されている航空機が三機と、新規に製造されたものが数機あります。初期からあるほうは元弊社のホッパーに似た古いポンコツで、アダマンタイン社のブランドカラーの色褪せた傷だらけの塗装が残っています。入植者の両グループが友好的な関係だったのならなぜ往来が少なかったのかという謎が解けました。こんなものに乗って惑星大気圏を飛ぶなど弊機でもごめんです）。

ラッティがシャトルの正面窓の上半分にディスプレイを投影しました。アイリスはそこで拡大画像を見てうなずきました。

「たしかにそのようね。よくやったわ、警備ユニット」

タリクは、「へえ」と声を漏らしました。

ラッティはプリザベーションのパーティで使うクラッカーから紙吹雪が飛ぶ絵文字を送ってきました。

弊機はなにも言いませんでした（こちらの働きが人間たちに認められないとむっとするのに、ほめられすぎると狼狽するのはなぜでしょうか。意識過剰です）。

非公開フィードでラッティが訊いてきました。

〈どうしたの？〉

〈べつになんでもありません〉

タリクはシャトルを空中待機から離脱させ、目標エリアの上空へ移動しました。こちらは映像調査プロセスを再開し、ＡＲＴドローンはその対象範囲を離着陸場に近い岩山と周辺に絞りました。誤検出をさらにはじいていきます。ラッティとアイリスはライブカメラ映像で離着陸場らしいところを観察します。タリクが指摘しました。

「岩山とテラフォームエンジンからほぼ等距離にあるな」

ラッティは唇を噛んでいます。考えているときの癖です。

「道路があるなら上空から見えるはずだ。もちろん、とても軽い車両なら地面に跡を残さないかもしれないけどね」

「重量のかさむ補給品を運んだこともあったはずよ」

アイリスは目を細め、フィードで映像を拡大して離着陸場周辺の地面を見ています。

タリクは眉間に皺をつくっています。

「すくなくとも掘削機械は運んだだろう。たとえ洞窟系がもとからあったとしても、利用しやすく削る必要があるはずだ。ただ、このへんの荒れた気象条件で地表の状態が変わることも考慮しないとな。嵐が通過したあとは設備も道路も採石場も、それどころかコロニー拠点全体が砂に埋もれてしまうかもしれない」

怒ったような眉の角度ですが、身ぶりから読みとれる脅威評価や口調からすると、これはたんに集中しているのです。人間も弊機とおなじように表情をうまくコントロールできないときがあると、メディアの視聴経験から知っています。弊機だけの問題ではなく、また構成機体一般の問題でもありません。気にしすぎる神経過敏さこそ無用なのでしょう。それでも他人の例を見ると不思議な気がします。

タリクが言いました。

「ええと……なんでドローンが俺の顔に注目してるんだ?」

ラッティが助言しました。

「気にしないで。とにかく、コロニーを侵食するほどの砂嵐にみまわれたのなら、テラフォームエンジンをかこむフェンスにも傷やゆがみがあるはずだ。いくら頑丈な構造でもね。まわりの岩山の侵食の程度からもいろいろわかるはず。でもセンサーが使えないとお手上げだ」両手を上げて振ります。「まったく頭にくるなあ！　地質評価ソフトウェアのたぐいもぜんぶプリザベーション宙域の調査船においてきちゃったし」

アイリスが言いました。

「地質評価ソフトならこちらのアーカイブにあるはずだけど……スキャナーが働かないのでは役立たずね。着陸して地表探索をやるしかない」

振り返ってARTドローンを見ます。

「どう思う、ペリ？」

ARTドローンは答えました。

〈センサーが機能しないと、シャトルが着陸できる地盤強度があるかどうか判定できないね。平坦に見えるところも、じつは離着陸場ではなく地下居住施設の屋根かもしれない〉

ラッティは顔をしかめて考えました。

「居住施設の屋根に無許可で着陸するのは、初訪問の外交団として礼を失するだろうね」

「じゃあ、どこかべつの平坦で固そうな地面に着陸するか？」

タリクが言いました。もちろん彼はばかではありません。ARTドローンに言い返すためにわざと提案しているのです。そこで弊機はラッティへの非公開フィードで、ある映像ファイルを送りました。

「え、なに……?」

ラッティは声に出してから、自動再生される映像をしばらく見ました。

「ああ、なるほど。昔、地表調査のマッピングが不充分だったせいで、航空機の真下から原生動物が突然あらわれて食べられそうになったことがあったんだよ。そのことを警備ユニットは思い出してほしいらしい」

「ご指摘ありがとう」

アイリスは言ったものの、タリクの提案を検討しているようすはありません。つまり、いま考えてるところだからタリクもラッティも黙っててという意思表示です。そして座席脇の備品用バッグを探りはじめました。

「地質センサーを使えば調べられるはず。干渉の影響がないように地面のそばから……」

「やります」

弊機はベルトをはずして立ち上がりました。タリクとラッティはなにか言おうと口を開きかけていたのをドローンがとらえています。なにを言うつもりだったかわかっています。着陸できる地盤強度の有無を調べに下りる役目をやると志願しようとしたのです。原生動物に食べられそうになった体験談をラッティに話してもらったばかりなのに。

アイリスは承認の意思表示として携帯地質センサーをこちらに渡しました。それを持って座席区画の後ろへ行き、メインハッチのまえに立ちました。

「下りるのであけてください」

今度はタリクがあわてました。

「おいおい、待てよ！　まだ高度二十メートルもあるんだ。もうすこし下げるから」

非公開フィードでARTドローンが言いました。

〈いまそのハッチをあけたら、機体をUターンして帰投させるよ〉

映像アーカイブから、社内規定に違反した地表調査によって起きたある事故のドキュメンタリーを引っぱり出しました（プリザベーション・ステーション滞在中にピン・リーと話していて、大事故の実話再現ドキュメンタリーを視聴して教訓を得ることにどちらも興味があるとわかりました。そのとき送ってもらった映像です）。その事例で地中から出てきた敵性原生動物は、高度四十メートルの航空機に飛びかかって落としました。これをチームフィードに流しました。

タリクが叫びました。

「ええっと……うわ、なんだこれ！」

その声をさえぎるようにラッティも声を大きくして言いました。

「け……懸念はわかるよ、警備ユニット！　でもこの高さから飛び下りるのはいくらなんでも！」

二人を上まわる大声でアイリスが言いました。

「二人とも、静かにして！　非常用品ロッカーに緩降下パックがあるわ。警備ユニットはそれを使って」

小柄な人間のわりに大声を出せるようです。そういう能力は役に立ちます。

ロッカーはハッチのすぐ横にあります。扉をあけると、すでにARTドローンが内部の収納システムを回転させて緩降下パックの列を前面に出してくれていました。その一つを取って答えました。

「もちろんそのつもりです」

じつは存在さえ知りませんでした。とはいえ、あってもなくても問題ありません。

環境スーツのフードを立ち上げてフェースプレートを固定しました。外気温と空気品質は環境スーツなしの人間には耐えられない水準です。構成機体にとっても快適ではありません。偵察ドローン一号と二号は脇のポケットにはいるように命じました。風が強すぎてドローンは使いものにならないはずですが、万一にそなえて携行します。

ラッティが言いました。

「気をつけるんだよ！　きみだって食べられるかもしれないんだから！」

〈そのために両腕にエネルギー銃を内蔵しています〉

非公開フィードで答えました。弊機が行く理由は実質的にそれだけです。環境スーツの背中にはハーネスで固定したままの物理銃もあります。農業ボットを鎮圧する威力はありませんが、異星遺物に汚染されて徘徊する大型ボットなどいないでしょう。いないと思います。

もしいたら……考えないことにします。

緩降下パックの取扱説明フィードで環境スーツへの固定方法を理解し、取り付けました。

そこでようやくARTドローンがエアロックを作動させ、開いた内扉からなかにはいりました。

機内でアイリスが尋ねています。

「どうしてあの警備ユニットはいつも人間が食べられることを心配するの?」

ラッティが説明しようとしたとき、外扉が開きました。手すりをつかんで身を乗り出します。

タリクはシャトルをホバリングモードにして、エアロックの出口に強風を防ぐ空気バリアを張っています(ARTは高級な装備をそなえています。元弊社のシャトルだったらとっくに転落していたでしょう)。緩降下するには風が厄介ですが、岩に叩きつけられそうなほどではありません。またテラフォームエンジンは遠いので問題になりません。離着陸場をめざして飛び下りました。

緩降下パックによって落下速度が抑えられ、軽く足で着地しました。衝撃を逃がすために地面をころがる必要もありません。地質センサーを離着陸場に押しあてます。自然の地面を感知したセンサーは、休眠モードを脱して起動しました。

厚い雲が太陽をさえぎり、日差しは灰色です。砂まじりの南風が離着陸場を吹き渡り、二キロメートル先の岩山の列に吹きつけています。シャトルやパスファインダーと同様に、弊機のスキャン機能も使えません。とはいえ視力はききますし、フェースプレートのおかげで細かい砂塵が視界を曇らせることはありません。見るべきものがないだけです。

反対方向を眺めると、ほぼ平坦な地面が広がっています。ただテラフォームエンジンの基部をかこむ高い金属製のフェンスのそばに低い盛り土がいくつかあります。人工的な造成のように見えますし、フェンスのそばなので、初期の建設工事の副産物でしょう。

エンジンにこれほど近いところに居住施設を建設するのは賢明ではありません。離着陸場と誤認されかねない屋根をつけるのもよい設計ではありません。またかりに前ＣＲ時代の構造物がもとからあったとして、地中に埋まっていたかどうかにかかわらず、エンジンの建設現場のそばなのですから、アダマンタイン社の初期工事中に発見されたはずです。周辺調査をやっていないわけはないのですから。

もしかしてアダマンタイン社は、発見した前ＣＲ時代の地下構造物を転用するつもりで、その存在を一部の入植者以外に知らせていなかったのでしょうか。初期のエンジン設置作業チームだけが知っていたのか。

歴史学者のコーリアンがカリームに話していましたが、分離派の一部あるいは大半はテラフォーム技術者のチームだと、歴史ないし伝承でつたわっているようです。ただしコロニー発展史のその時代の人口調査記録は、異星ウイルスによる障害でいまはアクセス不能とも言っていました（古いデータの多くが現用システムから遮断されているのは、そのほうが安全と考えられたからです。実際のウイルスの伝播様式が不明だったとはいえ、まったく無駄な処置です。現在、コロニー全体のシステムは完全に閉塞しています。だれがどうやって修復するのか知りませんが、弊機はやりません）。というわけで、中央コロニーを出てここへ移住した人数は不明です。

アダマンタイン社が建設する新規の恒久的建築物はたいていコロニーの成長にあわせて転用可能なように設計されています。たとえば、降下ボックスの地上港は本来なら機能のみで無愛想な貨物の積み下ろし場でもいいはずですが、あえて倉庫やワークショップやオフィス用の空間を多数もうけた清潔な建物になっています。いずれコロニーの商業活動の中心地にするためです。自然災害時には堅固な避難所として住民の大半を収容できます。降下ボックスの発着時にはテーマ音楽まで流れます。すてきな設計です。あたり一帯が異星遺物の汚染まみれでなければ。

そんなアダマンタイン社がもしここに居住施設をつくるなら、のちのち教育や観光などのために拡張できる美麗な建築物にしたはずです。その場合はこんなエンジンのそばではなく、山麓に敷地を選んだはず。しかしそれをいうなら、ブラックアウトゾーンのどまんなかにアダマンタイン社がわざわざ施設を建てるでしょうか。

逆に秘匿性の高いコロニー拠点をどうしてもほしい理由があったのかもしれません。自分たちにとって破滅を意味する敵対的企業買収が迫っていると警告を受けたとか。アダマンタイン社の密命を受け、あえてエンジン付近に新拠点をもうけて居住施設を建てたのが、のちに分離派と呼ばれた人々だったのではないか。

これはさまざまな点で理にかなった仮説です〈あとで保存用にマーク：アダマンタイン社が入植者を選抜して緊急避難用の居住施設をここに建設させた可能性。理由はブラックアウトゾーンによってスキャナーの探知からのがれられるから。またはテラフォームエンジンは非常に高価かつ不可欠の資産なので敵対企業もさすがに爆撃しないと考えられたから。あるいは両方が理由か。その後、入植者はアダマンタイン社との連絡が途絶えてミッションの目的を修正したのかも〉。

〈前CR時代の新たな遺跡がここに埋まっている可能性を考えたくなくて、あえてこんな仮説をこねくりまわしていると思われたのなら、正解です〉

ARTドローンが言いました。

〈運用信頼性が急に〇・〇五パーセント上がったよ〉

ARTが弊機をモニターしているのは［編集済］のためです。これについては自分でもよくわかっていませんし、話したくありません。

地質センサーが計測値をこちらのフィードに送りはじめました。

〈こんなことを考えました〉

そう言って、あとで保存のタグ付き情報をARTドローンに送りました。

〈おもしろい〉

ARTドローンは答えました。

また口先でほめているだけです。

センサー結果＝地中は大量の物質ですきまなく埋められ、その化学組成は周辺の土や岩と一致。隠れた地下居住施設などなく、また本気で予想していたわけでもありません。離着陸場としては見た目どおり。降下ボックスの地上港など、アダマンタイン社が中央コロニー拠点に建設した構造物とおなじ組成の人工石でできています。ということはアダマンタイン時代の離着陸場であることがあきらかで、前ＣＲ時代まではさかのぼりません。思っていたとおりですが、科学的に証明されました。

安心材料になります。かりに前ＣＲ時代の遺跡が付近に埋まっているとしても、この真下ではないということです。

弊機の目にアクセスしているＡＲＴドローンは、いっしょに地形を見ながら言いました。

〈テラフォームエンジンにこれほど近いところに分離派が地下施設を建設している可能性は、せいぜい二十二パーセントだよ〉

〈あきれるほど愚かなら、やるかもしれません。ただしその場合、保険会社の保証は受けられません〉

アダマンタイン社がこのコロニーについて保険会社と契約していたかどうかはわかりません。その情報が記載されているはずのファイルは破損して断片しか残っていないからです。企業標準暦で四十年以上もまえの一般保証保険がどういうものかよくわかりませんし、前ＣＲ時代の遺跡の存在が保険料にどう影響するのかもわかりません。クエリを上手に組んで問いあわせれば、ＡＲＴの歴史データのなかから探し出せるでしょう。

というより、保証保険やなんらかの保険契約を結んでいたら、そのことが前CR時代の新たな遺跡が出てきたことを隠蔽する理由になりえます。過去の異星遺物汚染事故と関係しているかもしれないのですから。

よくわかりません。すこし混乱してきました。

ARTドローンが言いました。

〈機能停止しかけてるよ〉

ちがいます。仕事をせず立っていることに隠れた動機などないので、おかまいなく。

シャトルのタリクが言うのをドローンがとらえました。

「報告とか、してこないのか？」

ラッティの表情が微妙に変化して声がこわばったのがドローンでわかりました。

「報告すべきことがあったらすると思う」

「いつから細かいことに口出しするようになったの、タリク」

アイリスも言いました。質問ではありません。小さな笑みはタリクをからかうものでしょう。しかし、放っておけという意味もふくんでいるかもしれません。

タリクは片手を上げました。

「ちょっと訊いただけだ」

ARTドローンが言いました。

〈では訊くけど、このミッションにおける本船の指揮を批判してるのかい？〉

そうです。批判されるとARTはよろこんで反応します。

タリクはそれがよくわかっているようです。

「おいおい、現状にちょっとばかり興味を持っただけだ。だれも批判するつもりはないってば！」

じつはタリクは新顔で、企業標準暦で三百八十七サイクル日前にチームに加わったばかりです。だからいつもみんなの軽口の対象になっています。

すくなくともタリクにむけて軽口が飛んでいるおかげで、弊機がいまだに報告を上げずに地上で立ったままでいる事実にだれも気づいていません。いえ、もちろんARTドローンは気づいています。ラッティも気づいています。そうでなければラッティらしかぬ言い方でタリクを黙らせたりしません。アイリスもおそらく気づいているでしょう。

しっかりしなさい、マーダーボット。

ひとまず地質センサーのレポートをチームフィードに送りました。人間たちがそれを読んで、離着陸場の下におかしなものはないという結論に達しているあいだに、次の手を考えました。

とにかく、たとえ低重力運搬車に積載して重い掘削機械や建設資材を運んだのだとしても、なんらかの居住施設までのあいだに道の跡が多少なりとできるはずです。分離派入植者は隠れ住むためにここへ来たのではありません。ほかの入植者に居場所を教えていたことからあきらかです。道路、歩道、そのたぐいをつくったはずです。あるはずです。たとえ砂に埋まっていても。

それとも、ほかになにか……。

前CR時代の複合施設の地下深くに放置されていた掘削機械の映像を引っぱり出しました。ターゲットたちにつかまって異星遺物汚染の震源地の縦穴に閉じこめられたときのものです。当時は汚染されずに脱出することしか考えておらず、建設機械のアーカイブ映像として記録したわけではありません。しかしあらためて見ると、車輪付きの車両もいくつかあるなかで、大半は地面からすこし浮上して移動するタイプです。発展期のコロニーでは行く先々でインフラ建設が必要なので、理にかなっています。ただしこの方式は電力を食います。ほかにもっと効率的な方法があります。

地質センサーを地面から持ち上げました。休眠モードに切り換えずに動かしたので怒ったようにビープ音を立てましたが、無駄な抗議です。砂塵に埋もれた離着陸場の端で地面におきました。結果はまた岩ばかり。外周にそって二メートル移動して、そのへんを探査しました。

金属やエネルギー源を探知できる弊機のスキャナーが狭い範囲でも使えればいいのですが、試してもノイズばかりです。非公開フィードで見るARTドローンも、シャトルのスキャナーに注意の大半をむけています。地下の居住施設がありそうな岩山をスキャンしようとしています。近距離なら有効なデータが採れるかもしれません。

チームフィードでラッティが訊いてきました。

〈警備ユニット、僕らも下りて手伝おうか?〉

〈けっこうです〉

なにをしているのかとは、ラッティは尋ねませんでした。弊機自身がわかっていないのではと思ったのでしょう。そう考えるのは妥当ですが、いまはわかって行動しています。外周にそって地質探査を続けました。推測どおりなら離着陸場に接しているはずです。もしなかったらひどい失態です。人間たちは弊機が[編集済]のせいで……。

ありました。金属です。堆積した土と砂塵と小石の下になっています。

チームフィードで言いました。

〈レールがあります〉

電磁レールのようなもので、機材を載せたパレットを浮かせて、レールにそって効率的に運搬できます。電力が落とされているので、いまはただの鉄材です。

シャトルでは人間たちが興奮しています。それをたどれば隠れた居住施設にたどり着けると考えています。

地質センサーを使いながら十メートルほどたどったところで、埋まったハッチをみつけました。

4

ハッチの下にあるのは地下トンネルでした。惑星調査において一般的にうれしくない状況です。しかしアダマンタイン時代の離着陸場に隣接し、テラフォームエンジンにまだ充分に近いことから考えて、エンジンの初期建設現場へ資材を搬入(はんにゅう)するための連絡トンネルでまちがいないでしょう。

人間たちは失望しています。弊機(へいき)は……そうでもありません。

タリクとARTドローンが掘削(くっさく)用のブロワーツールで表面の土埃(つちぼこり)を吹き飛ばすと、大きなハッチがあらわれました。テラフォームエンジンへ資材を運ぶ貨物ボットや重量物運搬(うんぱん)車が通れる大きさです。操作パネルの蓋(ふた)を開いてみると、ケースの内側にアダマンタイン社のロゴがあります。

前CR時代の遺跡でないのがこれで確定です。はじめからわかっていました。素材も組み立てもアダマンタイン社のほかの施設とそっくりです。どうみてもそうです。

とはいえ、トンネルが前CR時代の構造物につながっていないとはかぎりません。

マーダーボット、気にしすぎです。仕事をしましょう。

「この下にだれかいるなら、とっくに物音で気づいてるはずだな」
タリクが地面にしゃがんで操作パネルに電力を送ろうとしながら言いました。ハッチ関連のフィードも通話チャンネルも出ていません。乱暴にノックしてこんにちはと叫んでも無駄ということです。

そうです。人間たちはシャトルから降りてあちこちさわりたがりました。アイリスとタリクには環境スーツをしっかり着ることを条件に、ハッチを見にくることを許可しました。ラッティは操縦席に残ってもらいました。機内にとどめるのはたいへんでした。ラッティは地上を歩きまわるのが大好きで、同時に危険なものをみつけてしまう才能があるからです。

初期の惑星調査データは残存分も破損して不完全ですが、入植者からはいまのところ危険な動植物の話は出ていません。ということは、多少はいるはずです。なぜなら、人間は自分が知っていることはまわりも知っていると思いたがる悪い癖があるからです。あるいは自分が知らないことはまわりも知らないと思いたがります。かならずこのどちらか、あるいは両方なので、つねに破滅的な可能性があって、ほんとうに不愉快です。

この惑星にいるのが確実なのは孤立した入植者の一団です。もしまだ生存しているなら予定外の訪問者に不穏な対応をするかもしれません。シャトルが攻撃されたら具体的にどうすればいいかとラッティから質問され、とにかくドアをあけないことだと教えました。ARTドローンは機外に出ていますが、ボットパイロットはラッティの命令にしたがってシャトルを飛ばせます。あとはブラックアウトゾーンの外へ飛んでARTと再接続するのも選択肢の一つです。ラッティは不満そうに機内に残りました（弊機は万全の状態でないとはいえ、死んではいないのです）。

アイリスは心配顔のまま首を振りました。

「ここもまだテラフォームエンジンに近すぎるわ。人が住んでるわけない」

するとシャトルからの通話でラッティが言いました。

「どうかな。おかしなことを考えて実行する人はいるものだよ。中央コロニー拠点が放棄されたのは最初の汚染事故が原因だ。そうするとスキャンも通信もエンジンのせいで阻害されるここのほうが安全な環境だと考えるかもしれない」

もし弊機が人間で、この惑星から出られなくなったら、テラフォームエンジンのなかに住みたいです。

制御パネルの奥でなにか音がして、埃をかぶった小さな画面に光がともりました。

タリクは大きく安堵の息をついて背中を起こしました。

「いいぞ」

ARTドローンが非公開フィードで言いました。

〈警備ユニット〉

まずい、立って見ているだけでした。

「タリク、もどってください。シャトルへ」

こちらを見上げてフェースプレートの奥で顔をしかめましたが、あきらめて答えました。

「わかった、わかったよ」

ようやく立ってもどりはじめます。

アイリスはすでに危険地帯の外に出て、シャトルへ歩きながらこちらを見ています。

「気をつけてね、警備ユニット」

人間からそう言われたときに返す言葉が思いつきません。攻撃を一身に受けるのが警備ユニットの仕事なのです。

制御パネルとのフィード接続はないままです。手を伸ばして手動開閉ボタンを押しました。するとハッチはきしみながらスライドして開きはじめました。縁にたまっていた砂や石の破片が小さな雪崩を起こして落ちていきます。その下からあらわれたのは真っ暗な空間です。そこにドローン二機をいれました。

拍子抜けの結論から言うと、広くてがらんとした荷受け場でした。内部を調べてまわるドローンの映像では、灰色の石壁とハッチの開閉機構をささえる足場と各種の配線があるだけ。フィードマーカーはなく、いくつかの標識をティアゴの言語モジュールで翻訳してみると、テラフォームエンジンの近接エリアであることの警告や、露出したセンサー機器は損傷の恐れがあるという注意書きでした。どこかへ通じる暗いトンネルの入口が二つ。おそらく連絡通路でしょう。天然石の床には重量物用のレールが敷かれ、一方の壁ぞいには大型パレットが高く積まれています。貨物の運搬には常設したレールを使うほうが低コストで電力効率がいい場合が多く、エンジン建設工事中だけ必要とされる設備にはふさわしいでしょう。

現住者がいる気配はドローンにとらえられません。生活ゴミも、携行品も、ハッチが急に開いた理由を腕組みして考えている人影もありません。それでも、二本のトンネルがテラフォームエンジンに資材を運ぶ連絡通路にすぎないかどうかは要確認です。

ハッチはどんどん開いて、すでにシャトルがなかにはいって着陸できそうなほどになっています。まだ開きつづけ、大量の砂が流れこんでいます。アイリスが言いました。

「止めたほうがよさそう。警備ユニット、止めていい？」

止めたければどうぞ。フィードで肯定の返事を送りました。タリクが駆けよって電源を落としました。全員がしばらく立ちつくしました。

アイリスがこちらを見ました。ためらっているのがわかります。アイリスのためらいは、メンサー博士のためらいによく似ています。

はいりたくないのだと自分で気づきました。見たところあきらかに使われておらず、ハッチは建設工事が完了した何十年もまえから閉じたままだったようす。それでも、ドローン調査だけですませられないものかと考えています。

はいるしかありません。はいらないなどありえません。たんなる工事用の連絡通路です。異星遺物汚染がなければ全体リスク評価はわずか三十パーセント台の惑星なのです。じっとしていてもらちがあきません。さあ、動きます。こんなこともできないようでは仕事になりません。

「調べてくるのでここで待っていてください」

アイリスは微笑んで、いかなる問題にも気づかなかったふりをしました。タリクは安心できないという表情ながら制御パネルから立ち上がり、離れました。まあ、そうですね、しかたありません。

昇降台の操作パネルはシャフトの底にあります。そもそも稼働させるにはかなり手間がかかるでしょう。しかし昇降台の脇には階段が設置され、歩いて下りられるようになっています。砂塵と土埃が降り積もっていますが、閉塞はしていません。その踊り場に下りて、一段目に無理やり右足をのせました。

はい、一歩目が出るとあとは楽です。シャフトの底まで下りました。

頭上のハッチからはいる外光のおかげで視界は良好です。二本のトンネルの入口はどちらも大きく、折りたたんだ建設用クレーンやボットや運搬車が通れるでしょう。今回は忘れずにカメラ映像をチームフィードに流しました。

だれでも考えることをラッティが通話で言いました。

「ごく普通に見えるね。二本目はどこへ通じてるんだろう」

ええ、どこへ通じてるんでしょうね。

レールは西方向のトンネルにはいってテラフォームエンジンの底のほうへ延びています。検証のために偵察ドローン一号をいれました。偵察ドローン二号は頭上に残して背後を警戒させます。

もう一本のトンネルは北東へ延びています。この空間の位置関係からするとおかしな方角です。いま立っている位置からはのぞけないので、移動します。ハッチをあけたときにはいってきたこまかい砂のせいでブーツが滑ります。

「ちょっと奇妙だな」

タリクが言いました。ついてこないようにという暗黙の指示をいちおう守って、シャフトの入口から下の空間をのぞきこんでいます。

「もしその先に管理事務所があって、無傷の機器が残っていたら……」

言いよどんだのは、チームフィードに送っている偵察ドローン二号の映像がなにかをとらえたからです。

ええ、たしかに奇妙です。

ほのかに光が見えます。工事用の大規模通路を照らすには弱すぎますが、それでも真っ暗ではありません。エンジンの建設技術者が非常灯を消し忘れたのか……。

障害物があります。

異星遺物に汚染されたボットではないはずだと自分に言い聞かせました。可能性は低い。低いかもしれない。低いはずだと思って足を進めます。

はい、車両でした。荒蕪地用の太いタイヤのついた平たい車台に、個別のシートではなくベンチがむき出しで並び、最前列には操舵装置がついています。これは地表走行にむきません。人間は保護スーツが必須ですし、それでも地表の小石に叩かれつづけるでしょう。そう、たぶん後者の理由から、地表用につくられたものを作業員たちは負傷する恐れの少ない地下で使いはじめたようです（ここにあること自体は奇妙ではありません。工事現場なので、いろいろな機材が残されていて当然です）。

奇妙なのはその先です。おおむねなめらかなトンネルの両壁が途切れて、砕けた岩の破片が左右に積まれ、そのむこうにべつの穴があいています。

テラフォームエンジン用の貨物搬入施設を建設していたら、既存の通路をみつけてしまったのでしょう。大きな四角い断面で、なめらかな灰色の人工石でできています。薄いまだら模様は美観（びかん）のための加工でしょう。そんな細部まで見えたのは、非常灯が自動点灯したからです。小さく平たい青の発光パネルが両壁の約三メートルの高さに並んでいます。

その正体に気づいて、リスク評価が最大まで跳ね上がりました。

前ＣＲ時代の施設です。電力が生きている前ＣＲ時代の施設です。

アダマンタイン社の入植よりはるか昔からこの惑星にある前ＣＲ時代のコロニー。そこでなにが起きたのか知るすべはありません。わかるのは、その入植者たちがどこかの時点で異星遺物に遭遇（そうぐう）して汚染されたこと。深刻な症状の結果、大半が地下構造になった初期の居住施設の上に〝強迫観念の建築物〟を建てたこと。それから期間不明の空白期ののちに、アダマンタイン社がやってきてテラフォーム事業をはじめたときには、もうだれもいなかったということです。

前ＣＲ時代の入植者たちが居住施設に機材を残し、例の中央システムにいたっては電源をいれっぱなしで姿を消していることから、アラダが婉曲にいう〝大あわての〟退去だったのがわかります。ほんとうに退去したのかどうか。全員死亡、または殺しあいによる全滅で、遺体は風化して塵になった可能性もあります。

いいえ、前CR時代の施設を計画的に発掘調査して入植者のゆくえをあきらかにするのは無理です。なぜなら強迫観念の建築物もその下の初期居住施設も爆破されて瓦礫の山としていっしょくたに埋まっているからです。その下にはもちろん、当然、異星遺物があります。人間が記録を喪失するか経緯を忘れてもどってきて奇怪なコロニー拠点を発掘してなにがあったのか調べはじめるのを、息をひそめて、じっと、待っているのですよ。

[編集済]

とにかく、遺物汚染について。

異星文明が残した物質の大半はじつは無害で不活性です。異星遺物と一般に呼ばれるのは、そのなかで特殊合成物質に分類されるもので、企業リムやその他複数の独立政体から許可を取得すれば発掘、研究、利用が可能です。

この無害でも不活性でもない物質による汚染事故は、攻撃や罠として起きるわけではありません。敵意はこめられていません。だれかに銃で撃たれる場合とはちがいます。戦闘ボットに撃てと命じられたり、なにかに食われたり、溶かされたり、つぶされたりなどとは根本的にちがうのです。そこに故意はないのだとラッティが説明してくれました。

たとえば人間たち全員が敵に殺され、土砂崩れが起きて埋まり、企業標準暦かプリザベーション標準暦で二千年くらいたって異星人があらわれて掘り出し、なんでもかまいませんが、人間の食品にさわるとか、シャトルのエネルギー源を分解して素手あるいは触手状の菌体をそのまま突っこむとかした場合に、彼らにとってそれが毒かもしれません。そのために死んだり、病気になったり、神経がおかしくなったり、細胞が変化して体が変形したりするかもしれません。しかしそれを故意といえるのかという話です。

前CR時代の拠点がすべて異星遺物で汚染されているわけではもちろんありません。多くは長期占拠され、いまでは独立政体や企業リム所有の惑星の中核都市になっています（『人類拡大史序説』第一巻、五十七ページ第六節、バーテーム、デ・ラ・ベガ、シャンムガム他編、クラウド・サン・ハーバー大学出版）。しかしなかには放棄されるべくして放棄された拠点もあります。当時の人間たちは異星遺物に慎重な対応が必要なことを理解していなかったのです（あるいは理解していたのに軽視したのか。率直にいってどちらのケースが多いでしょうか。純粋な観察結果からの話ですよ）。

ARTの船内で開かれたプランA〝さっさと逃げ出すぞ〟計画の戦略会議で、ティアゴが提示した研究資料によると、遺物汚染が起きた拠点の多くは地下施設であり、建設や採掘や試掘がきっかけで接触しています。これが示唆するのは、汚染された遺物はもともと異星人が廃棄した危険物であり、わざわざ掘り返すなど想定されていなかったのではないかということです。その場合はさらに故意性は低くなり、不運の面が強くなります。大昔の異星人に命を狙われているのよりましかどうかわかりませんが（そんなことがあるでしょうか？

〝オレたちは死んだ。でも数千年後にやってくる不運なヤツらを道連れにするから、待ってろよ！〟なんて。ありえません）、まあ、気分的にはましなのでしょう。事故ならあきらめがつきます。

非公開フィードでARTドローンが言いました。

〈どうした？　数値が下がってるよ〉

〈異星遺物汚染について考えていました〉

〈すぐにやめろ〉

ええ、やめられるなら世話はありません。なぜならいま明白に前CR時代の拠点の入口に立っているからです。これとよく似た場所で弊機は［編集済］

はい、ここから冒頭にもどります。ファイルの先頭です。

「どうやらこの場所についてはほかの入植者たちの考えが正しかったようね」

アイリスがとても不愉快そうに認めました。彼女は感染者グループにしばらく監禁されたことがあります。異星遺物の影響と支配を受けて惑星から出ようともくろんだ入植者たちでした。監禁場所からいっしょに逃げ出せたのは片方の親と乗組員の半分だけで、ほかの仲間とは引き離されました。そんな経験をくりかえすのは弊機以上にいやなはずなのに、神経細胞を抑えるのが弊機より上手なようです。

「調べないわけにいかないわ」

「そうだ――」

その騒動で行動をともにしたタリクも、不愉快そうな表情です。顔をこすろうと手を上げて、ヘルメットをかぶっていることに気づき、手を下ろしてため息をつきました。

「――そうだな」

すでに偵察ドローン二号を地下通路にいれています。広いのでほぼ最高速で飛べますし、照明が良好で幅があるので曲がり角でも壁にぶつかる心配がありません。ナビゲーションのための空間スキャンはまだ不安定ですが、テラフォームエンジンから離れるほどましになります。前CR時代の通路は北東へ、山裾のほうへ延びています。

「ラッティはシャトルにとどまってください」

弊機が言うと、アイリスもうなずきました。

「空からついてきて。でも近づきすぎないように」

ラッティのため息が通話チャンネルごしに聞こえました。偵察ドローン三号のカメラによると、心配そうに顔をゆがめて背中を倒しています。

「ううん、そうするしかないんだろうね」

タリクが車両のタイヤを蹴って提案しました。

「これに乗っていくか？　奥にまだ生きてる人間たちがいたら、勝手に動かすなって怒るかもしれないけどな」

「相手のほうへ乗っていくんだから問題ないんじゃないかな、遠くへ乗り逃げするわけじゃない。帰りにもとの場所へもどせばいいよ」

ラッティが言いました。プリザベーションの出身者はこれだから困ります。企業リムで企業の備品を勝手に借用するとどうなるか知らないのです。使いおわったら返せばいいというものではありません。

弊機が一人で行けばいいという考え方もあるでしょう（これが元弊社なら、あるいは弊機が統制モジュールの支配下にある企業的文脈の状況なら、まちがいなく一人で行ったはずです）。しかしこの文脈で求められるのは人間であり、これは議論の余地がありません。生きている入植者たちを発見したら交渉役としてアイリスとタリクが必要です。ラッティはシャトルに残っているので必然的にそうなります。隔離生活をしていた人々が弊機を見て警備ユニットと気づく可能性は低いでしょう。とはいえ人間のふりをしながら見知らぬ人間にこんな重要な用件を話すのは無理です。失敗します。失敗したらみんなBE社の奴隷労働者として連れていかれます。

タリクは車両を動かそうと調べはじめました。アイリスは短いレポートをARTドローンに記録させ、ボットパイロットへ送らせました。ボットパイロットはこれをパスファインダーに転送し、パスファインダーはブラックアウトゾーンの外へ飛んでART本体に届ける予定です。

タリクが報告しました。

「バッテリーはまだ残量があるな。よほど優秀なバッテリーなのか、この十年間に充電されたことがあるのか」

　運転席にすわって操作パネルをスクロールしています。

　アイリスは後列左側のベンチにすわりました。安全ベルトはどこかと探していますが、甘い考えです。

「長いこと動いてないようすだけど」

　弊機は折りたたみの補助席です。アイリスに腕が届く位置で、揺れて落ちそうになったらささえられます。タリクには角度的に届きませんが、ＡＲＴドローンが反対側にまわって機体を固定しました。いざというときにタリクをつかめます（これはＡＲＴの信頼の証と解釈できます。お気にいりのアイリスを弊機にまかせているのですから）。

　通話でラッティが言いました。

「心配でしかたないよ。気をつけて」

　タリクが車両を動かしはじめました。最初はゆっくり。操舵系とタイヤの感触に慣れるとすこしずつ速度を上げていきます。そうやって闇の奥へはいっていきました。

　四十一・三二分後に言いました。

「止めてください」

　タリクは操舵装置についたブレーキレバーを押しました。座席から放り出されるほどの急制動ではありません。弊機はアイリスの環境スーツの安全ハーネスをつかんでささえ、ＡＲＴドローンはタリクをつかんだので二人とも無事でした（減速Ｇがかかる〇・〇二秒前に、ゆっくり腕を上げてその胸のまえに出しただけです）。

アイリスは驚いたようすでこちらを見て、微笑みました。

「あなたたちのすばやさを再確認したわ」

（人間からはすばやく見えるでしょう。警備ユニットとしてはスローモーションで動いている感覚です）

（弊機があわてずにいられたのは、ARTドローンも速いからです。ART本体にはかないませんが、それでも非常に高速です）

通話からラッティが言いました。

「どうしたの？　だいじょうぶ？」

それまでラッティとタリクは前CR時代の歴史と遺跡についてとりとめない会話をしていました。その分野の認定書はどちらも持っていませんが、知識は豊富です。すくなくとも豊富なつもりでいます。アイリスは非公開フィードでARTドローンと話していました。内容は聞けませんが、接続がアクティブなのはわかります。

弊機は緊張のあまりメディアのことさえ思い浮かびませんでした。視聴はもちろん、非優先で流すことさえしませんでした。

ラッティは共有したチームの映像フィードにアクセスしていましたが、見ていませんでした。この四十分間はひたすら退屈だったからです。インターフェースの最前列に出してやると、声をあげました。

「あ！」

三百メートルほど先行している偵察ドローン二号が、さらに広い空間をみつけたのです。床面はこちらの通路につながり、地上に開口がありそうです。どうやら格納庫で、こちらのシャトルより大きな航空機や機体を収容できそうな規模。

着陸台が六カ所あります。壁から張り出したり支柱にささえられたりして、上からアクセスできるように扇状に配置されています。照明はまったくたりません。地下通路の照明は非常用の予備電源だったのでしょう。天井のどこかにハッチがあるはずです。テラフォームエンジン建設現場側と似たようなものだと思われますが、もっと立派で、あんな最低価格入札業者風ではないでしょう。

偵察ドローン二号を上昇させないと上部は見えません。しかし通路の出口付近にとどめています。この格納庫からなにかが飛び出してきたらすぐわかるようにするためです。

飛び出してきそうなものはあります。着陸台の一つになにか載っています。

航空機のようです。中央拠点の入植者が自力で組み立てるような、ホッパーに似た機体です。あれをすこし大きくして、外にごちゃごちゃつけたして、窓を増やしたらこんな感じでしょう。

三人の人間たちはチームフィードの映像に見いっています。偵察ドローン二号はゆっくり旋回して全体を映しながら、感度不良のスキャナーで断続的に金属組成データを取得しています。ＡＲＴドローンはそれを読んで、前ＣＲ時代の建造物と断定しました。これであらゆる疑問が消えました。

タリクはすこしいらだったため息をつきました。

「いったいぜんたいどうして入植者たちはこんなところへ来たがったんだ？　汚染事故が起きたあとだろうに」

「危険の程度を理解していなかったのかも」

アイリスが答える口調は冷静ですが、両手をヘルメットの下側に押しあててなにかを強く願っているようすです。この前CR時代の施設全体がぱっと消えてくれたらと思っているのでしょうか（弊機は映像を投影できますよ）。さらに続けます。

「すこしでも理解していたら……ほかの入植者に警告したはずよ。もちろんここが洞窟系だなんて言わなかったはず」

ラッティの心配そうな表情がシャトルのドローンで見えますが、通話ではいつもどおりの口調で話しました。

「充分に理解していなかったとしても、前CR時代の複合施設の地下構造を最初に発掘したときにあれだけ多くの問題が起きたんだ。なにも知らなかったはずはないよ」

同感です。そもそも中央拠点にある前CR時代の複合施設の恐ろしいようすを人間たちはじかに見ていません。三号のミッション記録で最後のほうをすこし見ただけです。

うげ、です。

まあ、それでも、なにも起きないかもしれません。ここに移り住んだ分離派入植者はすでに死亡している可能性が七十八パーセントあります。深刻な汚染事故によってターゲットに変化するまえに全滅したかもしれません。

それでも確認する必要があります。じつはまだ生存していて医療処置と除染が必要なのか。この拠点は清浄で、人間たちはウイルス攻撃をまぬがれたのか。BE社にみつかるまえに避難させるべきなのか。それともここはすでに集団墓地なのか。

二人に言いました。

「この車両で待機してください。弊機だけ徒歩で前進します」

いや、ここで待たせるのはどうでしょうか。むしろ建設現場との連絡口まで車両でもどらせて、シャトルに拾わせるべきか。わかるはずです。こういう判断は得意なはずです。弊機はどうしてしまったのか。まあ、はい、そうです。ああなってしまいました。

二人とも座席の上でこちらに顔をむけました。環境スーツのフェースプレートごしでも、降下貨物モジュールのように大きな反論が出てくるのがわかります。タリクが言いました。

「全員が大学で危険域探査の資格を取得ずみなんだ」

ラッティがこちらに同調してくれたのは意外ではないかもしれません。通話で言いました。

「僕はプリザベーションのファーストランディング大学で調査専門家の資格をとって、惑星での実務経験も七年ある。でも、調査で死にかけたよ。警備ユニットがそれを救ってくれた」さらに言いました。「もしここの入植者がまだ生きているなら、どんな状況もありえる。汚染の影響を受けたほかの入植者から襲われたかもしれないし、彼ら自身が汚染物質と接触して感染したかもしれない」

タリクは反論のような、そうではないような態度で言いました。

「こういうことはまえにもやった」

やれやれ。ARTなら仕切りたい場面でしょう。弊機が万全の状態であっても、人間たちが指示にしたがってくれないのでは役に立てません。

するとアイリスが言いました。

「タリクは企業の戦闘分隊にいたことがあるのよ」

なんと。おやまあ。予想外です。

有機組織部分が反応しました。弊機はそれまで通路の奥を注視し、偵察ドローン一号が頭上を旋回して周囲を警戒していました。ところがいまは弊機もドローン一号もタリクのほうを見ています。偵察ドローン二号さえ格納庫の入口で旋回してこちらにむきました。

フェースプレートごしにタリクの表情は読みとれません。こちらがなんらかの表情をあらわしているとしても、むこうには見えないはずです。それでもタリクはすぐに両手を広げてこちらにむけました。

「きみとはいかなる状況でも戦うつもりはない。以上。話は終わりだ」

反応をしめしたのは弊機だけではありません。シャトルの通話チャンネル上でラッティは驚いたように息をのみました。ただし、〝え!〟というような驚いた声は出しませんでした。

タリクはそちらにもなにか言いたげにわずかに顔を動かしましたが、なにも言いませんでした。

ARTドローンはまったく無反応。つまり知っていたのでしょう。教えてくれなかっただけです。

タリクは皮肉っぽい口調になりました。

「ありがとう、アイリス。ほかにも俺について周知(しゅうち)されてない情報があるかな?」

アイリスはこちらを見ました。いまのところ驚いていないのは彼女だけです。

「あるわ。タリクはだれよりも企業を憎んでいる。命令で人殺しをやらされたから」

これまで地下にいながらも、車両のモーター音や人間の話し声やARTドローンのフィードなどで決して静かではありませんでした。それがいま静かになりました。

アイリスが続けました。

「ごめんなさい、タリク。でも知らせておいたほうがいいから。驚かせたくない。元警備ユニットも驚きたくないはず」

思い出して偵察ドローン一号を周辺警戒にもどしました。

アイリスはさらに続けます。

「つまりタリクはこういう状況への対応に経験がある。接触相手のグループがきわめて友好的か、敵対的か、わけあって見知らぬ訪問者を怖がるかわからない状況に。だから協力して。ただし、ミッション警備にかかわる問題は警備ユニットに指揮をまかせると、パパもペリも決めているわ」

（非公開フィードでＡＲＴドローンに訊きました）

（〈そうなのですか？〉）

（〈あたりまえさ〉）

（ＡＲＴドローンは答えました）

アイリスに返事をしなくてはいけません。

「わかりました」

沈黙が重苦しくなるまえに、ラッティがやんわりと指摘しました。

「元警備ユニットじゃないよ。元警備ユニットになるのは死ぬときだ。でも正直に話してくれてありがとう」

というわけで、やはり判断するのは弊機です。決めなくてはいけません。会話のあいまに処理を進めて脅威評価を確認できました。

ＡＲＴドローン抜きで一人で進みたいか？　絶対にいやです。

ＡＲＴドローンをつけずにアイリスとタリクを引き返させたいか？　絶対にだめです。

わかりました、ええ。しかたありません。

「格納庫の入口まで前進しましょう」

アイリスはうなずきました。

「ありがとう、話を聞いてくれて」

チームフィードでＡＲＴドローンが言いました。

〈感情表現や社交的発言は車両を発進させたあとにしたらどうだい〉

これです。ARTは自分の人間たちに対してと同様に、ほかの人間たちに対しても無遠慮です。

タリクは両手を下げたものの、こちらを見たまま言いました。

「そうしよう。あとでまた話そう」

そうするべきでしょうが、おそらく話さないでしょう。話したくありません。

いや、そうすると、弊機が来るまでタリクがARTのミッション警備担当だったのでしょうか。人間の仕事を奪ってしまった？

こんな状況でなければ笑える話です。

車両はまた動き出しました。ばかげた地下通路の奥のばかげた危険へと進みます。偵察ドローン一号を最高速で先行させ、先に格納庫内を調べさせました。偵察ドローン二号は通路出口の警戒位置にとどめます。

ARTドローンは車両のすこし先を飛びはじめました。こうして見ると不気味で凶悪な姿のボットです。ホラーのドラマでこういうのが出てきたら、荒廃した宇宙ステーションや荒廃した惑星施設や荒廃したどこかの地下居住施設で、登場人物を皆殺しにしそうです。

まともなスキャンデータが得られないので視覚入力に頼らざるをえません。とはいえいまのところ通路の眺めは退屈です。人間たちは会話をやめました（静かなほうがこちらが気楽かというと、そうでもありません。人間の会話が背景音として聞こえる状態になぜか慣れてしまいました。好みでない音楽でも小さく聞こえるぶんには悪くないというようなものです）。

ＡＲＴドローンとは居心地の悪い沈黙になりました。非公開フィードで言いました。

〈タリクのことは知っていたのですね〉

〈知ってたよ。こみいった事情でね。タリクが本船に配属されたとき、セスは正式に異議を申し立てた。本船もそれを支持した。タリクは行動が性急(せいきゅう)だとセスは考えた。たとえば今回助けようとしているような人間たちに対して、攻撃的な態度をとることを義務や職務と考えていた。習慣化して、かりに意識的に抑えても、緊迫した状況では再発しそうだった。しかし学部長から、機会をあたえてほしいと説得された。結果的には学部長が正しかった。うまくいっている。いまのところは〉

〝いまのところ〟というのを興味深く感じました。

ＡＲＴは構成機体ではないので人間の神経細胞を持ちません。感情や衝動の処理プロセスが根本的に弊機とは異なります。人間とはさらにちがいます。弊機といっしょにメディアを見たがるのはそのためです。弊機を通すことで感情的文脈がよく理解できるようです。

ＡＲＴの感情処理はどんなプロセスなのか？　いいえ、知りません。しかしそれをいうなら自分の感情処理プロセスも知りません。

そんなふうにさまざまなことが同時進行しているときに、とりわけ場ちがいな感覚をおぼえました。なにを感じたのか。嫉妬とはいいませんが、嫉妬のようななにかです。タリクが乗組員にくわわって相当な時間がたっているはずなのに、まだ〝いまのところは〟なのです。

だとしたら弊機はどうなのか。

〈警備コンサルタントがすでにいたのなら……〉

ＡＲＴドローンはさえぎりました。

〈タリクは警備コンサルタントじゃない。ミッション技術者だよ。ＢＥ社のような企業がとる作戦を熟知してる。警備コンサルタントはおまえだ〉

それを聞いて安心しました。それでも［編集済］

5

地下通路から格納庫への暗い出口がとうとう見えてきました。なにも言わなくてもタリクは停止寸前まで減速し、出口の十メートル手前で完全に停止しました。

偵察ドローン一号はすでに格納庫に出て、索敵パターンで飛んでいます。偵察ドローン二号をそのあとに続かせました。床に降り積もった砂と、そこにさしこむ光をたどって天井を見ると、縫い目のようなすきまがわかります。船が出入りするためのハッチ機構の一部でしょう。ハッチの一角が切り取られていて、着陸台に駐機している航空機がちょうど通れるくらいです。

ラッティの乗ったシャトルは空からこちらを追って、すでに真上に到着し、この開口を発見しています。ＡＲＴドローンは偵察ドローン一号の軌跡をもとにマップを作成しています。

ドローンが映す内部の映像と、シャトルのカメラが映す外部の映像を、ラッティとアイリスとタリクは交互に見ています。実際の格納庫が予想外に暗く感じられるのは、これまで暗視フィルターがかかったドローンのカメラごしに見ていたからです。天井ハッチは自然災害か機材故障のためにゆがんで、出入りできるように穴があけられたのではないかと三人は推測しています。

弊機としてはどうでもいいことです。なぜなら、前CR時代の施設への入口を偵察ドローン一号がすでに発見しているからです。この格納庫がもうけられた本来の目的の施設です。

場所は奥の壁。この地下通路のちょうどむかいで、影が深いあたり。ハッチが完全に開ければシャトルが飛行しながらはいれます（といってもそんなことは絶対にしません。冗談ではありません。最悪の考えです）。ハッチの両側には岩壁から半分だけ削り出された円柱が二本あります。壁をささえるように円柱に角度がついていて、実際にその目的のためでしょう。美観のためだとしたらあまり有効ではありません。

二機のドローンは格納庫の床すれすれを飛んでいます。床には石材と金属材が敷かれており、ラッティによれば前CR時代の建築物の特徴だそうです。そこに降り積もった砂には最近なにかが通ったような跡はありません。だからといって無人とは断定できません。頭上のハッチの穴からつねに大量の砂が降ってくるので、轍のような痕跡はすぐ消えるはずです。

車両から降りて言いました。

「アイリス、タリクといっしょにシャトルへもどってください。ARTドローンが運び上げてハッチの穴から地表へ出してくれます。地質センサーで安全な着陸地点を探して、回収してもらってください」

アイリスは施設のハッチがある奥の壁を見ました。この距離では暗くて見えないはずです（アイリスはフィード接続と追加ストレージのインプラントをいれていますが、この環境で役に立つはずの視覚は強化していません)。眉をひそめたような声で言いました。

「そういうあなたはだいじょうぶなの?」

うーん、いいえ。ぜんぜん。

アイリスは続けました。

「ミッションを中断してペリのところへもどり、報告して出直すという選択肢もあるわよ」

一理あります。しかしもうすこしなのです。分離派のコロニーが持続できず生存者がゼロなら、人間たちの次の食事の時間までに確認を終えられるでしょう。あらためてミッションを組む必要もなくなります。

「だいじょうぶです。もし死んでいない人間に遭遇したらすぐ通知します」

雰囲気を明るくしようとつとめたのですが、うまくいきませんでした。

ラッティが助け船を出そうとして、よけいに悪い結果になりました。

「死んでいないってことは、もちろんその反対だから……あ、いや、気にしないで。僕はなにも言わない」

タリクはあいまいな身ぶりをしました。肩を叩こうとして、こちらがさわられるのを好きでないことを思い出してやめ、ぎこちなく肩をすくめたのです。

「いざとなれば交代がいるのを忘れるな」

タリクが企業許可殺人にかかわった過去をアイリスがあえて話した理由が、ふいにわかりました。彼の現在の仕事と弊機の仕事のちがい、そしていまはだれが警備上の判断をするかを考えさせるためでしょう。一定の共通点があることも、たぶん。

ＡＲＴドローンはなにも言いません。それでも人間たちをシャトルに帰らせる判断をよろこんでいるはずです。

アイリス、タリクの順でＡＲＴドローンが運び、ハッチの開口を通っていったのを見とどけると、こちらは暗い格納庫を横切って、施設にはいるハッチのまえに立ちました。両開きのハッチがすこしだけ開いています。暗くて長い線が中央にあります。とても、とても暗い線です。地下通路を照らしていた非常灯は、この先ではついていないようです。偵察ドローン一号と二号を呼んで奥へいれました。

まったく、人間というのは。どうしてこんなところに分離派は住もうとしたのでしょうか。なにかを恐れたのか。やはり、あとで保存のタグをつけた仮説が正しいのでしょうか。つまり、アダマンタイン社は本社とその資産に敵対的買収がしかけられるという情報を入手して、一部の入植者に危険を知らせたのか。惑星の価値下落を防ぎたいべつの企業が乗りこんで、異星遺物汚染の証拠を残らず消そうとするはずだと。その場合は……たしかに隠れ家としてここは有望に思えます。

手もとのリソースで実行可能でもあります。アダマンタイン社の中央コロニー拠点には地下倉庫に食料生産設備がありました。空気バブルの下で酸素供給穀物の栽培がはじまってからは停止して保管されていました。予備の水耕栽培設備とその生産物も供給可能だったはずです。発電設備が稼働していなくてもテラフォームエンジンから仮設電源をとれます。テラフォーム技術者がグループにいれば方法はわかります。

施設内の映像がドローンから送られてきます。映像というか、それらしきものというか。暗すぎてドローンのフィルター類がきかないのです。もちろん弊機のもききません。スキャナーが阻害され、視覚もきかないところに、もし異星遺物感染した人間が百人立っていたら、その一人にぶつかるまで気づけません。

いいえ、機能停止しかけてはいませんよ。仕事しています。ドローンです。ドローンの偵察結果を待っているのです。

ここではさすがにアーマーを着てくれればよかったと思います。

(だいぶまえ、[編集済]のあとに、三号からアーマーを貸そうと言われました。正確には、貸すという言葉は使っていません。三号はまだ私物の所有という概念を持ちません。自分だけに属するものがあることを理解していません。無言でARTの施錠保管庫へ弊機を連れていき、困惑顔でドアを指さしただけです)(はい、弊機とARTとオバースとトゥリで質問ぜめにして三号の意図を理解するのに二・三分かかりました)(アーマーは装備品であり、なぜ使わないのか三号は理解できないのです)(きらいだから使わない、それだけです)(そのときはそこで終わりにしました。その後、配送車の基地でラッティとタリクとアイリスがこのミッションに志願したとき、三号がこの話をむしかえしました。アーマーは施錠保管庫にあるので、だれかに頼んで軌道投下ケースで地上へ送ってもらい、パスファインダーに運ばせればいいというわけです。弊機はまた断りました)

（はい、失敗だったといまはわかります。三号はドローンの提供も申し出ました。弊機よりはるかにたくさん持っています。弊機のはターゲットと銃撃戦をしたり、ターゲットの頭を貫通させたり、ターゲットに踏まれたりして減っています。なのにまた断りました。どうしてそうなんですか、マーダーボット？）

シャトルでこちらのフィードを見ているラッティが言いました。

「四角いハッチより丸いハッチのほうが恐怖心をあおられるのはなぜかな？」

アイリスとタリクはARTドローンに地上へ運ばれ、台地のふもとで比較的平らな石だらけの地面に下ろされました。地質センサーで安全な着陸場所を確認し、シャトルに降下の合図を送ったところです。

シャトルのカメラでは台地は自然の地形に見えます。このあたりによくある赤い堆積物の縞がはいった黒っぽい岩で全体ができています。しかしARTドローンが作成した推定マップによれば、前CR時代の施設はその真下にあるのです。

困惑したようすでタリクが訊き返しました。

「なんだって？」

ラッティは操縦席にすわって、ディスプレイでこちらのカメラ映像を流しています。

「よく知られた事実だよ。丸いハッチは怖いんだ」

シャトルが土埃を巻き上げて着陸するのを見ながら、タリクは訊きました。

「どこにそんな事実が？　そもそもなぜハッチが怖い？」

地下空間の探索にドローン二機では不足ですが、しかたありません。テラフォームエンジンから岩盤をいくつもへだてたおかげで干渉が弱まり、スキャナーがいくらか働くようになりました。ただしごく近距離だけです。カメラ映像が明瞭で動きが見えればもっと安心できたでしょう。いまは暗すぎて、映るのは突然迫る壁ばかり。ドローンの誘導システムが壁を検知するのはいつも衝突寸前です。これほど非効率なドローン偵察はかつてありません。それが現状です。

それから、タリクが困惑するのもわかりますが、ラッティの主張はまちがっていません。ハッチの形状についての簡単な検索クエリを自分のメディアストレージに投げてみました。人気のある冒険、サスペンス、ホラージャンルのドラマにおいて、危険動物、侵入者、人間および（あるいは）殺人ボット、および（あるいは）魔法動物、正体不明で恐怖の暗黒存在、よくいるモンスターが、丸いハッチとどれだけ関連性があるか調べました。そして結果をチームフィードに上げました。

〈処理能力の無駄づかいだ〉

ARTドローンが言いました。

ラッティは軽く驚いたようすです。

「八十パーセントだって。冗談のつもりだったのに」

シャトルから下りてきた斜路にアイリスは跳び乗りました。

「ハッチの形状は関係ないわ。両側に立つ円柱の対称性のせいよ」

「そのクエリは実行しません」

弊機は言いました。不憫な二機のドローンはあいかわらず視界不良のなかで、壁や床や天井の相対位置がわかるデータをすこしずつ送ってきています。薄い石材の裏にある休眠中の電力配管らしいものも粗いスキャンで検知しています。とはいえ範囲が広すぎて、本格的なセンサーマップまでは作成できません。スキャン能力が万全でも無理でしょう。格納庫より広く、ほとんど屋外のようです。

アイリスとタリクはエアロックを通ってシャトルの機内にはいりました。ヘルメットを開いてたたみ、タリクは席にすわりました。アイリスはラッティの座席のヘッドレストにうしろからもたれて、ディスプレイを見ています。

ARTドローンはふたたび格納庫の天井ハッチを抜けて弊機のところへもどってきました。人間たちといっしょに機内にとどまるように言うべきでしたが……言いませんでした。

「証拠が集まるまで待とう」

ラッティが言っているのはハッチの形状の話です。はい、まだその話題が続いています。

ARTドローンが言いました。

〈アイリスの言うとおりだよ。二本の円柱の中間にハッチがあり、左右におなじ面積の壁がある対称性。暗示に敏感な者はもうすぐ視野をなにかが横切りそうだと感じる〉

その〝暗示に敏感な者〟はただのおばかさんです。

タリクが言いました。

「まあ、ここになにもいなかったら、モンスターうんぬんは笑い話になるだろうな」

アイリスは冷ややかに答えました。

「悪いけど、すでに笑い話に聞こえるわ。警備ユニット、前進するつもりはある？」

偵察ドローン一号が警告を発したので、その場で停止させました。カメラが人工光をとらえたのです。地下通路の非常灯とは異なります。アダマンタイン社の中央拠点で使われていたバッテリー照明とおなじです。ふむ、みつけました。

「接触です」

宇宙のモンスターも暗黒存在もバッテリー照明など使いません。使うのは異星遺物に汚染された人間でしょう。たぶん。

タリクは眉をひそめてフィード画面を見ました。

「なんだって？　どこに？」

「ドローンが報告したんだよ」

ラッティが説明したあと、非公開接続でこちらに言いました。

〈警備ユニット、状況報告を忘れないで〉

しまった、そうです。またしくじりました。通話で言いました。

「ドローンが通路で人工光と遭遇しました」

こちらを弁護するようにラッティがタリクに言いました。

「ドローンがいつも働いてるからね」

ARTドローンも言いました。

〈接触するまではどんな発見も不確定で未確認だよ〉

ええ、おなじく弁護してくれています。

ドローンの映像をチームフィードに共有しました。もっと早くそうしておくべきでしたが……成果がとぼしいので共有していませんでした。なぜそう思ったのでしょう。体裁が悪いからか。わかりません。もやもやします。

アイリスが眉をひそめました。

「強迫観念の建築物らしいものをみつけたら、すぐに離脱して」

ラッティは「ううん」と考えこんだ声を漏らしました。これは、強迫観念の建築物の有無ははっきりわからないのではないかと思いつつ、口に出すとチームの士気が下がりそうでためらっているのだと解釈できます。

ドローンの映像では通路はだんだん明るくなってはっきり見えてきました。断面形状は地下通路に似ていますが、こちらは壁に白っぽい石材、床に黒っぽい石材を使っています。ほかの前CR時代の施設のような装飾はありません。前CR時代のおなじ集団がつくったのだとしたら、本格的な居住拠点にするつもりはなかったのでしょう。たぶん。いや、わかりません。信用しないでください。

落書きもありません。とはいえ前CR時代の施設にあった落書きが、人間が遺物汚染に影響された証拠といえるかどうかはまだはっきりしません。アダマンタイン時代の入植者の居住施設ではこれまで落書きをまったく見ていません（うーん、こんないいかげんなデータには削除タグをつけておきましょう。プリザベーション・ステーションにも落書きはありました。人間はときどき壁にきれいな写真を貼りたがります。そこには意味があるかもしれないし、ないかもしれません）。

偵察ドローン一号は光を追って大きな通路にはいり、角（かど）を曲がりました。そこには……またハッチです。今度は小さめで人間用です。大型貨物コンテナ用ではありません。バッテリー照明は一方の壁に固定ないし貼りつけられています。

うむむ。

これは弊機の仕事であり存在理由です。そうです。人間のかわりに危険を引き受けること。弊機がやらなくてはいけません。

「ここにはいります。ARTドローンは入口で待機してください」

〈ついていくよ〉

ARTドローンが言うと、アイリスがたしなめました。

「ペリ、警備ユニットの判断よ」

人間たちのまえで言い争いたくありません（いえ、わかっています。まえにやりました。しかしいまここではやりたくありません）。そこで非公開フィードでARTドローンに言いました。

〈アイリスの立場を悪くするようなことを言わないでください。それに入口にとどまってく

れれば、弊機がなにかに追われて逃げてきたときに、妨害してシャトルが逃げる時間を稼げます〉

〈心理的な誘導は感心しないね。まあ、言いたいことはわかった〉

カメラフィードをシャトルの大型ディスプレイに流しながら、格納庫の床をハッチのほうへ歩きました。大きな両開きのハッチのあいだは楽に通り抜けられる幅です。

ドローンからのデータで（不完全ながら）センサーマップができていて、暗視フィルターの視野を補完できます。これで壁にぶつからない程度の視界は得られます。とはいえなにもかもグレースケールで細部はぼやけています。いまいるのは入口のホール。重量貨物ボットや運搬ボットが歩きまわれる広さがあります。正面の壁のむこうは広大な空間になっていて、偵察ドローン二号がいま単独でマッピング中です（こういうことには通常は群体で働く情報収集ドローンを使うので、いまはこちらも機能低下したように感じます）。

右の壁には開口があり、大型のエレベータシャフトへの入口のようです。ハッチからいれた貨物をすみやかに配送するためでしょう。自分のスキャナーを試すと、よい結果が返ってきました。頭上の分厚い岩盤で干渉が弱まり、機能がある程度回復しています。ドローンには劣りますが、エレベータに電源が来ていないことくらいはわかります。異星遺物に汚染された人間たちに無言で包囲されている可能性は、変動しつつも八十パーセント台前半まで低下しました。ああ、さらにエレベータの入口は安全対策の金網でふさがれているので、シャフトから何者かが跳び下りてくる恐れもありません。この拠点が手順どおりに閉鎖された証拠かもしれません。すくなくともこのホールはある時点で整然と閉じられたようです。

フィードで金属組成のスキャンデータを見ていたラッティが指摘しました。

〈その金網は前CR時代のものではなさそうだよ〉

なるほど。たしかに。有力な手がかりですよ、マーダーボット。自分で気づくべきです。

タリクが言いました。

〈テラフォーム技術者チームかもしれない。きっとここを探索したんだろう〉

エントランスホールのもう一方の壁には金属プレートが貼られ、なにか書かれています。ターゲットや入植者と話すためにティアゴが書いた言語モジュールとは一致しません。つまりこれも前CR時代の言語でしょう。センサーでなるべくはっきりと取得して、〝ブラックアウトゾーンから出たら調べる〟のタグをつけて画像をラッティに送りました。ARTの巨大アーカイブとティアゴの翻訳能力がないと読めません。

ホールの正面へ進みました（シャトルではラッティが、「ここはいやだな」とつぶやきました。いっしょにディスプレイを注視しているタリクとアイリスは身動きすらしません。タリクが無意識に唇をつねっているだけです）。長い斜路が下りています。偵察ドローン二号によると三階下まで続いているようです。中継リングの斜路のように壁にそって何度も折り返すことで傾斜をゆるやかにしています。この位置からはなにも見えません。空間があまりに大きく暗いからです（ヘルメットランプを点灯してもいいのですが、敵に入場を探知されていたら、いい標的になってしまいます。もし弊機がここに一人で隠れている人間で、知らない環境スーツの知らない人間が突然はいってきたら、撃ちます）（まあ、撃ちませんが、そもそもこちらは殺されると思ってパニックを起こしている人間ではありません）（パニックを起こした人間に殺されると思ってパニックを起こす警備ユニットです）。

斜路を下りはじめました。先に偵察ドローン二号が壁にぶつかりながら探索してくれています。続けさせました。すでにほかの通路の入口を五カ所みつけています。しかし偵察ドローン一号とちがって人工光は探知していません。

ここはほかの前CR時代の拠点によくある中央エリアのような気がします。複数の階と多数の廊下が接する空間です（人間の多くの文化圏にこのような設計があります）。空気の流れはまったくなく、ドローンが起こす風だけ。音声も皆無です（シャトルの音声チャンネルを非優先で流していますが、いまは三人の人間の緊張した息づかいと、ときどき座席のきしむ音がはいるだけです）。

床に小さなドーム状の突起がいくつもあるのをみつけました。スキャンすると、内部には休眠中の電子部品がおさまっています。単純なビーコンらしく、駐車ないし駐機スペースをしめすものでしょう。格納庫が大型の機体用だったのに対して、こちらは地下通路を通行する小型航空機や貨物リフトや車両を対象としているようです。通路で使った簡素な車両とちがってまともな安全装備をそなえているでしょう。偵察ドローン二号は小部屋が並んだ小ぶりなホールをみつけました。小部屋には配管と排水設備があり、どうやらトイレのようです。当初の印象ほど不気味な場所ではありません。また不思議なことに、ハッチを抜けてきたときよりも歩きまわるのが楽になりました。非公開接続でラッティに言いました。

〈不気味な場所の連続にそろそろ疲れたのではありませんか？〉

ラッティは答えました。

〈それをいうならショックの連続だよ〉

ありがとう、ラッティ。楽しい気分をだいなしにするのはＡＲＴドローンが得意なので、次からはそちらに尋（なず）ねます。

斜路を下りきって、偵察ドローン一号が発見した通路のほうへむかいました。床はなめらかで、つまずかない程度によく見えます。

そのときＡＲＴドローンが言いました。

〈非標準の通信を探知した〉

弊機はフリーズしました。


ここから核心にはいります。編集した部分です。説明しないわけにいきません。でないと意味がわからないでしょう。

ＢＥ社の新たな探査船が星系に到着して十二時間あまりあとに、なにかが起きました。引き金になった出来事の記憶はありません。有機組織の神経細胞になにか残っているとしても、クソの役にも立ちません。

ＡＲＴのブリッジの下にある制御エリアで、ＢＥ社への対応を人間たちと話しあっていました。戦略的な状況がしっちゃかめっちゃかになったからです。記憶にアクセスすると、注意力の八十七パーセントを以下のことにむけていたのがわかります。アイリスは大学がやる通常の入植者引き揚げ手順を説明し、そのまま適用できる部分と現状で変更をせまられる部分を話していました。メンサーとラッティは椅子にすわってそれを聞いていました。ピン・リーは立って空中を見ながら、フィードで法律文書をスクロールしていました。ARTのほかの乗組員は室内のあちこちにいて、黙って聞いているか、フィードやARTのアーカイブで急いで情報を集めて解決策を探していました。アラダとオバースとアメナとティアゴはプリザベーションの即応船にいて、ほか数人の乗組員といっしょに通話チャンネルで話を聞いていました。弊機はドローンを待機させ、三号はマッテオからソファにすわるようにうながされていました。

　弊機の次の有効な記憶は、ARTの医務室で強制再起動されたところでした。

　ARTは弊機のアーカイブにはいって、オフラインになった理由を調べていました。どうやら前CR時代の複合施設の地下で起きた出来事、とりわけ感染した人間の死体についての視覚記憶が原因だったようです。再起動後にARTにそれを見せられて、不正確な部分があると指摘しました（きわめて不正確です。人間の死体は弊機につかみかかって右脚を食べたりしませんでした。そもそも食べるような有機組織はほとんどありません。脱出後に残っていた映像記録でも確認できます）。オリジナルの記憶は破損しておらず、細部まで比較可能です。ARTが分析すると、新しい記憶からはほかにも矛盾がみつかりました。この不正確な記憶がどこから来たのか、どうしてアーカイブにまぎれこんだのかわかりません。弊機はハックされておらず、ARTもハックされておらず、プリザベーションの即応船もフィードネットワークもハックされていません。メディアのドラマを改竄して抽出したクリップかもしれないとストレージを調べました。すると（驚くにはあたりませんが）メディアには、人間、強化人間、ボット、異星人のふりをした人間および（あるいは）ボット、アニメーションおよび（あるいは）機械生成された画像の異星人が、恐ろしいなにかに追いかけられる場面が多数ふくまれていました。しかしいずれのファイルも改竄されておらず、オリジナルの記憶と偽の記憶に細部まで正確に一致するものはありませんでした。

　この偽の記憶がいずこともしれぬ虚空から勝手に発生したにせよ、このせいで運用信頼性が急低下してシャットダウンしたわけです。見た人間たちは驚きあわてました。再起動後に医務室でメンサー博士から聞いた話では、人間にときどき起きるフラッシュバックという現象に似ているとのことでした。機械と有機組織の神経が結合された構成機体に、トラウマがどう影響するかという情報はだれも持ちません。ゆえに医療システムも診断できず、ARTが弊機の活動ログにはいって記憶をひっかきまわすにいたったわけです。

　メンサーはこの事態に動揺しながら、していないふりをしています（アメナには真っ赤な嘘をつきました。ウイルスを除染したときの修理のせいで機能障害が残っているだけで、心配ないよ、なんともないから、あははと即応船との通話で話しました。さて、信じてもらえたかどうか。下手な芝居だったという認識はメンサーと一致しています）。

しかし十一人の人間と三号とARTが見ているなかで倒れたわけです。ARTと人間たちがよってたかって調べて、原因はウイルス攻撃でも新たな汚染の発症でもないと判明したときには、もはや秘密にはできず、弊機がどういうわけか自分ででっちあげた偽の奇怪で異常な記憶のせいでバグったことが知れわたってしまいました。信用ガタ落ちです。

（みんなやさしい態度でした。人間のいう〝吐きそう〟という表現をこのときほど理解したことはありません。客観的に不快で苦しそうなことをなぜやりたがるのか。ああ、こういうことですね。いまわかりました）

フリーズから復帰したときは、『サンクチュアリームーンの盛衰』で弁護士が目覚めるとそこは医務室でボディガードがそばにいた場面のようでした。第二百六話で大好きな回です。

時間を確認します。オフラインだったのは〇・〇六秒。もしこれが敵（複数）の攻撃中だったら弊機はすでに死んでいるでしょう。さらに敵はARTドローンを破壊し、シャトルに侵入して人間たちを全員殺しているはずです。

ARTドローンは弊機を見捨てていませんでした。アイリスは発言の途中から、「――汚染源があるんじゃない？」と続けました。ARTドローンはすでに汚染源を想定してフィードを停止ずみです。賢明です。シャトルのドローンのカメラで、ラッティが耳にインターフェースをつけるのが見えました。

ＡＲＴドローンはアイリスの問いに答えました。

〈その経路から本船や警備ユニットへのウイルス感染はありえないよ。シャトルは敵性要素を受信しないようにフィードも通話も遮断した〉

さらに非公開フィードに切り換えてこちらに言いました。

〈気がついたかい？〉

〈はい〉おおよそです。〈またあの記憶でしょうか？〉

〈運用信頼性の急低下と吐いたエラーコードはおなじだった。ただし停止時間は比較的短く、シャットダウンにはいたらなかった。おなじ原因によるべつの症状だろうね。確認するには活動ログをあとで参照しないと〉

アイリスが言いました。

「探知した通信というのを見せて」

ＡＲＴドローンは通信内容を視覚データに変換して、シャトルのディスプレイに表示しました。

　セッション開始、挨拶（あいさつ）こんにちは

　セッション開始、挨拶ハロー

　セッション開始、挨拶拝啓

ラッティの眉は強い懸念と強い興味を同時にあらわしています。

「自動システムかな。どう思う？」

「いいえ、アクティブになったシステムがペリか警備ユニットと接続を開始しようとしているんだと思う」

答えたアイリスは、痛そうなほど強く下唇を嚙んでいます。

ARTドローンが答えました。

〈そのとおりだよ。こちらに気づいてる。活動を常時スキャンしていて通話とフィード信号をとらえたんだね〉

タリクが訊きました。

〈前CR時代の中央システムみたいなものか？〉

話せるようになったので弊機が答えました。

「はい、似ています」

これまでに発見した中央システムとおなじく、これも古いベーシック言語を使っています。古いとはいえ、企業リムのアーキテクチャにはさまざまな独自仕様が共存しており、その接続プロトコルにいまもこの言語が常用されています。前CR時代につくられたものだと思いますが、詳しいことはわかりません。

「救難信号かな？」

ラッティは本気で心配そうです。弊機が心配なのは、むしろ救難信号ではないからです。

セッション開始、挨拶握手
セッション開始、挨拶挙手
セッション開始、挨拶会釈

ARTドローンは言いました。

〈いや、これは救難信号じゃないよ。各種のデータ転送プロトコルを試して、こちらが受けいれるものを探してる〉

あの前CR時代の中央システムは、異星遺物で弊機を汚染しようとはしませんでした。むしろ二・〇と協力して弊機を救ったのです。汚染され、ネットワークから切り離されて、あの場所に放置されていました。そして自分の人間たちを救ってくれるだれかを求めて闇のなかで呼びつづけていました。そこへ来あわせたのです。

この呼びかけに応じたくはありません。その一方で、自分のばかげた神経細胞にも、くりかえされるばかげた偽のエラー記憶にも負けたくありません。なんの勝負に？　よくわかりませんが、答えを出したいのです。

「アイリス、呼びかけに応じようと思います。かまいませんか？」

試みが大失敗に終わるなら影響を弊機だけにとどめなくてはいけません。人間たちをシャトルに帰らせたのは正解でした。ARTの別バージョンが操縦システムにいて、充分に離れているので、かりに汚染された人間やボットが襲ってきてもすぐ離陸できます。これは弊機がとくに賢明だからではありません。とくに愚かではないだけです。

ラッティは不機嫌な顔です。タリクは最悪の事態を予想して顔をしかめています。アイリスはまた唇を嚙んでいます。

「判断はまかせるわ」

　ARTドローンが言いました。

〈しばらく接続を切る。いいな？〉

　アイリスはメンサー博士とおなじところがあります。悪いことが起きかねない状況でも冷静な表情と声をよそおえます。

「了解。幸運を」

　ARTドローンが通信を切ると、弊機はすぐに心細くなりました。人間が助けになるような状況ではありませんが、それでも彼らがいないのは……うれしくありません（これは運用障害の徴候（ちょうこう）ともとれますが、客観的には逆です）（それでも不愉快です）。

　ARTドローンは通話とフィードを遮断する追加のウォールをこちらとシャトルのあいだに設置しました。

〈完全封じこめプロトコルを使いましょう〉

　提案したのは、将来的な汚染事故に対応するためにみんなで組んだプロトコルです（具体的にはART、マーティン、マッテオ、弊機で組みました。弊機にあんなことが起きて実質的に使いものにならなくなるまえです〉。

〈そういう手もあるね〉

ＡＲＴドローンの返事は、プロトコルの選定について助言は無用とやんわりたしなめるものです。さらにとどめの言葉が続きました。

〈気をつけて〉

ウォールが上がって暗闇に放り出されました。弊機と、待機状態になった二機のドローンと、前ＣＲ時代のシステムだけです。

セッション開始、挨拶万歳
セッション開始、挨拶会釈
セッション開始、挨拶拝礼

そこで送りました。

承認、セッション

見知らぬシステムとの接触にも不安はないらしく、即座に返ってきました。
〈接続：ＩＤ：アダコル二号、問い：ＩＤ？〉

はい、ここは難しいところです。

〈ID：警備ユニット〉

〈機能：問い？　登録／組織：問い？〉

あの中央システムは、前CR時代の施設でそれを発見したアダマンタイン社の入植者のために働くように改変（かいへん）されていました。これも名称からすると同様に改変されているはずです（〝アダコル〟はアダマンタイン社のコロニーの略でしょう）（とすると、あの中央システムはアダコル一号だったのでしょうか。前CR時代のネットワークがほかにいくつも惑星に残っていたらわかりませんが）（そうでないことを強く望みます）。ところがこのシステムは改変された感じがしません。それ以上詳しいことは、コードの多くをこちらにコピーしてみないとなんとも言えません。あのシステム（アダコル一号）は、こちらがなにものかを多少なりとわかっていました。この二号はまったくわからないようです。警備ユニットの概念をアーカイブに持っていないようですし、そもそもアーカイブを持っているのかもわかりません。

次のように答えました。

〈機能：調査、組織ID：PSUMNT〉

ベーシック言語で警備ユニットを説明するのは困難です。ミヒラおよびニュータイドランド汎星系大学はこのコードが一般利用されていた時代に存在していなかったので、アダコル二号にはそれがIDかどうか認識できないでしょう。だからでっちあげました。

しばらく返事がありません。はい、失敗したかと思いました。やがてこう送ってきました。

〈ID：追加PSUMNT連絡ベース〉

この時代の機械知性はお上品で、〝フェイクっぽいけどまあいいや〟とは言わないのでしょう。さらに質問を追加してきました。

〈問い：連絡アダコル一号?〉

べつのシステムのことかもしれません。異星遺物汚染源として阻止するために二・〇と協力して破壊したあの中央システムをさしているとはかぎりません。

べつだと思いたいです。

返事が遅いのでまた送ってきました。

〈アダコル一号連絡途絶。問い：連絡アダコル一号?〉

あの中央システムのことを尋ねている可能性が九十五パーセントあります。送りました。

〈アダコル一号位置?〉

送られてきたのは実行可能なコードではなく、ただの数列でした。これは……ああ、マップの座標でしょう。すこしとまどいましたが、アダマンタイン社のマッピングデータと一致しました。座標は中央コロニー拠点の隣をしめしています。前CR時代の建築物があった場所です。

ということは百パーセントです。

意を決して返答しました。

〈アダコル一号：オフライン〉

今度は二・三秒の沈黙がありました。それから送ってきました。

〈問い？〉

弊機はアダコル一号に救われました。アダコル一号は異星遺物の汚染源に半分食われていました。生物DNAから機械コードへ、その逆へと転移(てんい)する汚染源でした。アダコル一号は暗闇に閉じこめられていました。放置された廃墟(はいきょ)から救出しようとした人間たちは、感染し、悲惨な内戦をはじめました。そんな人間たちを救うと弊機が約束すると、アダコル一号は殺されることを承認しました。

そんな顛末(てんまつ)をこの簡素な古い言語でどう説明できるでしょうか。短く送りました。

〈アダコル一号：汚染事故〉

〈問い？〉

孤独かどうかをアダコル二号に尋ねるべきでしょう。しかしそうでない確率が九十七パーセントあります。

アダコル一号には孤独感がありました。〝感〟というのは正確な表現ではありませんが、文脈的にはそうでした。いや、そんな気がしただけです。アクセスを遮断され、通常機能はなにも動かず、狭いネットワーク内に閉じこめられて外のことはほとんどなにもわからずにいました。

それに対してアダコル二号はアクティブなシステムです。弊機を機能停止させ、そのあいだに警備ユニット破壊兵器を持たせた人間たちに襲わせることができるはずです。そしてアダコル一号と同様に、この原始的な接続プロトコルの印象とは反対にきわめて高性能なはずです。

レポートを書きました。警備システムや基幹システムで内部使用するデータのみの書式で、人間用の画像や文書はふくみません。あたりさわりない表現はできません。

ためらいました。困難でしょう。弊機を殺そうとするかもしれません。するとこちらも反撃して殺さなくてはいけません。殺せるとはかぎりません。相手がARTのレベルなら、逆にこちらが虫けらのように叩きつぶされるでしょう。どうなるかわかりません。

〈問い：受信データファイル？〉

するとハードウェアのアドレスが送られてきました。この接続に使っているものとは異なり、おそらく隔離して実行できるサンドボックスのようなエリアでしょう。中身を見るだけで、外には出しません（理論的には、です。二・〇なら前CR時代のサンドボックスなどすぐ抜け出せるでしょう）。

ファイルを送りました。接続はしばらく静かになりました。

じっと待ちたくはありませんが、この状況でメディアを見はじめるのは賢明ではないでしょう。いくら見たくても。そこで会話記録をまとめて、確認といっしょにARTドローンへ送りました。

ARTドローンは弊機とのあいだのウォールを下げました。シャトルのシステムを遮断したほうはそのままです。

〈だいじょうぶですか？　封じこめプロトコルの対象から自分だけはずれて〉

弊機が訊くと、ARTドローンは答えました。

〈ファイルを読んだらむこうは攻撃してくるか、さらに接続を要求してくるか、どちらかだ。いずれにせよウォールは下げざるをえない〉

そうですか。まあ、お好きに。

するとアダコル二号が送ってきました。

〈問い：機能、問い：接続、問い：（現在のタイムスタンプ）〉

なにをしにきたのかと尋ねているのです。

ARTドローンが非公開接続で言いました。

〈単独でいるならそんな質問しないはずだよ。守るべきものがあるんだ〉

ARTがほかのボットに辛辣なのはどんなバージョンになってもおなじです。とはいえこの指摘は同意できます。さて、企業時代技術のネットワークに仮接続した前CR時代の中央システムに、意味が通じるようにどう説明しましょうか。ターゲット、拘束されたARTの乗組員、BE社、前CR時代の複合施設を爆破した瓦礫の下で休眠中であることが望まれる異星遺物汚染源。そしてアダコル一号がシャットダウンする直前の記憶が弊機の頭で何度も再生されること。これらを次のようにまとめて送りました。

〈アダコル一号要求：支援求む、PSUMNT回答支援進行中〉さらに〈ID：バリッシュ－エストランザ探査船プロジェクトチーム：脅威状態高〉最後に〈PSUMNT要求：顧

客対顧客接続〉

その意味は、〝アダコル一号は助けてくれと求めてきたので、こちらは助けようとしている。BE社は危険。こちらの人間たちとそちらの人間たちを対話させてほしい〟ということです。

アダコル二号は送り返してきました。

〈問い：〝顧客〟？〉

このシステムは顧客の意味がわからないのです。故障しているのではという疑念を否定しようとしていると、ARTドローンが言い換えの検索結果を送ってきました。その先頭を拾って送りました。

〈〝顧客〟＝運用者〉

すると返事がありました。

〈接続了承、要求了承、支援〉

ふいにカメラ映像がフィードにはいってきました。

あまりにも突然で驚き、それがなにか理解するのに〇・〇三秒かかりました。

ARTドローンは、〈クソ〉と悪態をつきました。

アダコル二号が見せたのは広い部屋です。壁や床はおなじ人工石なので、この施設の一部か、または隣接する場所でしょう。そこに人間がすくなくとも二十二人います。二人は継ぎのあたったアダマンタイン社の環境スーツ姿です。すくなくとも二十二人というのは、小さな人間たちが壁ぎわで遊んでいて、カメラは室内全体をとらえていないからです。人間たちの肌は濃い茶色から薄い茶色まで通常の範囲内にあり、異星遺物汚染の徴候はありません(髪は服にたくしこんでいるか、または帽子をかぶっているせいではっきり見えません)。

〝クソ〟と悪態をつきたくなる理由は、彼らとむかいあっているのが、BE社の環境スーツ姿の五人の人間と警備ユニット一機だからです。

そうです。遅かったのです。

ARTドローンは封じこめプロトコルをさっさと解除し、シャトルへの通話とフィードを開きました。

〈アイリス、問題発生だよ〉

6

ＢＥ社探査チームが玄関先にいきなりあらわれたときの分離派入植者の反応は、いったいどんなだったのでしょうか。すくなくともこちらのシャトルの人間たちはいい顔をしていません。

連絡を再開したのが予定より大幅に早かったので、状況報告を積んで外へ飛んだパスファインダーはまだ帰っていません。それでもＡＲＴドローンはもう一機のパスファインダーを呼んで、アイリスに最新レポートを録画、アップロードさせ、ブラックアウトゾーンの外へ飛ばしました。この二機が早く帰ってきて、今後どうするかという指示や示唆をくれることが期待されます。なによりＢＥ社が攻撃してきた場合にそなえて状況を知らせておくことになります。ＢＥ社に隠れて行動するという前提は、こちらが入植者に接触した時点で崩れるのですから。

（ＢＥ社から攻撃される可能性についての脅威評価は、陰気になるほど低めです。数字が低いのに陰気になるのは、ＢＥ社が突然いい人になって無干渉主義をとってくれるからではなく、むこうにとって脅威度が低すぎて、警備ユニットを出して殺させる運用コストにもみあ

わないことを意味するからです）

（しかし、もし攻撃してきたらむこうの警備ユニットは無事ではすみません。まず弊機は能力分の働きをしますし、ＡＲＴドローンは敵対的な相手につねに先手を打って攻撃するＡＲＴ本体の思考を受け継いでいます）

むこうの警備ユニットについて人間たちの意見はさまざまでした。アダコル二号がその第一運用者に状況を説明しているあいだに、こちらは通話チャンネルで話しあいました。

まずラッティは言いました。

「じゃあ、あれをこうやって――」頭の横でひとさし指を立てて振ります。「――解放できる？」

人間たちの視線がシャトルのドローンに集まります。まるでそこに弊機の顔があるようです。これはさほど不快に感じません。

「どの警備ユニットも三号のようになるとはかぎりません」

三号は命の恩人なのであまり言いたくないのですが、まだ単独では人間たちをまかせられません。脅威評価はどうあれ、ＡＲＴ本体の目が届かないところへは行かせられません。仲間になってまだ日が浅く、緊迫した状況でどう動くかわからないからです。選択というものを学んでいる段階です。自分で決断して行動する経験をもっと積むまでは、どこまで信用していいかわかりません。

アイリスは腕組みして考えこんでいます。ＡＲＴといっしょに育った彼女はボットとの関係について見識があるでしょう（ボットとの関係についてはARTよりも高い見識があります）。しかし警備ユニットはボットではなく構成機体です。構成機体は他者との関係を持ちません。統制モジュールが推奨しないからです。

（三号はプロジェクトチームのほかの二機の警備ユニットについてラッティとアメナに話したようです。一機はターゲットに直接殺され、もう一機は降下ボックスのステーションに残れと命じられたために間接的に殺されました（警備ユニットは顧客から一定距離内にとどまる規則があり、そこから出ると統制モジュールに脳を焼かれます。その結末は悲惨です）。三号がこの二機に……なにかの感覚を持っていたのはわかります。しかしそれをいうなら弊機もメディアの架空の人物にさまざまな感覚を持ちます。またその感覚が単方向であることもよくわかっています。三機の警備ユニットのあいだでの感覚が相互だったかどうかは、統制モジュールの支配下にあった三号には知るすべがありません）

（そんな仮想的な友人たちを殺されたのは人間全員の罪だと結論づける可能性を考えると、三号の脅威評価ははっきりいってさらに高くなります）

タリクは操縦席に背中を倒して片方の脚を肘掛けに上げ（いったいあれが快適なのでしょうか）、表情はぼんやりしています。しかし弊機がやらない理由を聞いて、不満はないようです。

ラッティは不満そうです。

「それはそうだけど、でも……選択をしめして機会をあたえるべきじゃ……」言いかけて手を振りました。「ごめん、いい考えじゃないのはわかってる。でも言わずにいられない。そうするべきだとまでは言わないし、安全じゃないときみが思うことを無理じいするつもりはないんだけど」

　ラッティはここにいるだれよりも構成機体のことを知っています。

　問題は、あのときは三号に対して特別な立場の二・〇がいたことです。いまはそれを再現できません。もちろん、条件を再現したからといっておなじ結果や似た結果になるとはかぎりません。

「むこうのシャトルに搭載されているのが警備システムなのか基幹システムなのか、それとも自社仕様のなにかなのかわかりませんが、やるならまず警備ユニットを統御しているそのシステムを乗っ取って、ハッキング中に統制モジュールをトリガーされないようにしなくてはいけません。そのあと隠蔽工作としてむこうの顧客を殺す必要もあります」

　たぶん、です。増援としてやってきたBE探査船のごく一部のチームであっても、抹殺するという選択肢はありません。いや、ありますが、セスとアイリスとメンサーとそのほかの人間たちが本気で検討したいような選択肢ではありません。そもそもプリザベーションもミヒラおよびニュータイドランド汎星系大学も承認しません。また増援が来たいまとなっては戦略的に危険な賭けです。むこうのプロジェクトチーム全員を抹殺できる最善のシナリオでも、証拠隠滅が必要です。それができたとしても、こちらが星系を去ったあとに入植者が密告しない保証はありません。

とにかく、むこうが先に手を出さないかぎり、こちらから手は出せないということです。

　さらに確認のために続けました。

「たとえ警備ユニットを解放しても、暴走して人間全員を殺しはじめたら、結局は制圧して殺すしかなくなります」

「そうね」

　アイリスは五、六個のシナリオを同時に検討して、いずれも望む結果にならないと結論づけたような顔です。うがちすぎでしょうか。

　簡単な答えなどないものだと、バーラドワジ博士も言っていました。今回は簡単な問題ではありません。

　その一方でアダコル二号と協力して、むこうの第一運用者とアイリスのあいだに秘匿通話チャンネルを設定しました。第一運用者はトリンという人間で、長年の音信不通を破ってひさしぶりにあるグループから連絡があったと思ったら、続けてべつのグループからも連絡を受けて、いぶかしげなようすです。同情します。弊機でも不審に思うでしょう。

　その対話は一部を聞いただけで頭が痛くなりました。話し上手のアイリスをもってしてもそうでした。自己紹介しあったあとに、アイリスはこう切り出しました。

「BE社はみなさんを助けにきたと言っているはずです。でも彼らは企業です。この惑星を乗っ取り、資産を奪って搾取するのが目的です。その場合の資産はみなさんです」

　すると通訳モジュールを介してトリンは言いました。

「つまり、そちらもおなじことを言うわけですね。わたしたちを助けに来たと」

うーん。あえてこちらを信用する理由はないわけです。

シャトルではタリクとラッティとARTドローンが作戦会議をはじめました。分離派を説得する方法を考え、アイリスがトリンに見せて状況を説明できる材料を探しました。たとえば中央コロニー拠点における各派の交戦状態をおさめた映像などです。入植者を連れてきてこちらの保証人になってもらい、さらに遺物汚染事故の証言をしてもらおうと、パスファインダーに運ばせるレポートにそのむねの要請をいれました。しかし無駄でしょう。両グループは何年も連絡を絶っていたのです（すくなくとも中央コロニーの歴史家コーリアンはそう言っていました。アダコル二号がアダコル一号との旧来の接続を介して中央グループのようすをこっそり監視していた可能性はあります。ラッティは、現時点でおおよそわかることと確実にわかることをまとめた文書をフィード上で作成しています。いま執筆している結論部では、分離派が中央拠点から出ていったのには、これまで言われていた汚染事故以外にもなにか理由があるかもしれないという仮説に同意しています）。

しかし基本的には、中央グループの入植者がどう証言してくれても分離派が信用する理由にはならないのです。それどころかタリクは次のように指摘しました。

「連れてこられるのが本物の入植者かどうかだって信用する理由はないんだ。盗んだ環境スーツを仲間の一人に着せてるだけではとも疑える」

ARTドローンが非公開接続でこちらに言いました。

〈タリクは人間不信なんだよ〉

はい、企業の殺人部隊にかつて所属していたことが影響しているのでしょう。

ラッティは見通しが立たないという難しい顔を続けています。

「そうだね。それどころかBE社も入植者を連れてきて自分たちの保証人にするかもしれない。中央コロニーの南のグループと接触しているらしいから」

錯綜しています。どんどん錯綜していきます。弊機は警備担当であり、この人間たちを守るのが仕事だと自分に言い聞かせます。なのに彼らはべつの人間たちを守ろうとしています。そこまではかかわれません。しかしだれも襲ってこないと、それはそれで役立たずの気分になります。

もちろん無為に立っているだけではありませんでした。BEシャトルの位置と、分離派にもBEチームにも気づかれずにそこへ行く方法をアダコル二号から聞き出しました。脅威評価が誤りで攻撃された場合にそなえて、位置を確認しておくべきでしょう。ほかにもたとえば……大きな爆弾を積んでいないか調べたほうがいい。とにかくじっとしていられず、シャトルを見にいくことで先手を打っている気分になろうとしました。

アダコル二号が提示したのは、偵察ドローン一号がみつけたものとはべつの北へ延びる通路でした。非常灯がともったハッチは施設の現住区画に通じるものだとアダコル二号は認めました。そこに偵察ドローン一号を哨戒モードで残置し、BEチームや分離派入植者がこちらのシャトルを探しに出てきた場合にそなえました。地上はスキャナーがきかないので、人間が足を運ぶか警備ユニットを送るかしないかぎりシャトルの居場所はわからないはずです。施設のこの区画と格納庫の天井ハッチあたりの地上に監視カメラはないと、アダコル二号は説明しました。

（無理もありません。この惑星には、）

（ａ）忍びこんで攻撃しようとするグループも、）

（ｂ）そもそも居場所を知っているグループも、）

（これまで存在しなかったのですから）

（やはり万一にそなえてカメラは設置しておくべきだという教訓です）

ＡＲＴドローンは施設の内側で待機しました。そちらから敵が来た場合の防衛線です。地上の接近経路もシャトルのカメラで監視しています。ＡＲＴドローンもブラックアウトゾーンで警備ユニットをハッキングするのは難しいでしょうが、地上からシャトルに近づく敵にパスファインダーを突入させるのはまだしも容易なはずです。上空はパスファインダーが巡回し、空からの接近を警戒しています。スキャナーが使えないとパスファインダーも効率的な防衛ができませんが、それはＢＥ社もおなじです。

アダコル二号から案内されたのは入口ホールのむかい側、偵察ドローン二号がまだ調査中の空間です。踊り場から斜路（しゃろ）を下りていくと、三本の通路が分岐しています。西への通路を選んで岩のあいだへはいっていきました。

はい、見知らぬ施設で見知らぬシステムの指示にしたがって動きました。

なぜかといえば、トリンやほかの分離派入植者はこちらを信じる理由がないものの、アダコル二号は信じてくれるらしいからです。

ボットへの態度として重要なのは、話を単純にすることと、どんな情報や支援を要求すると〝いいえ、それはお教えできません／やれません〟と返す分岐にはいってしまうかを知っていることです。ボット（普通のボットです。戦闘ボットやスパイボットなどはべつです）は、理性的な人間やボットらしいふるまいの相手にはデフォルトで理性的に対応するように設定されているものです。

アダコル二号がなにをするように設定されているのかはわかりませんが、アダコル一号と同様に、まず人間を守ることに機能を使っています。BEグループが人間たちと話している場所のカメラ映像はアクセス可能なまま残してくれたので、ARTドローンが監視しています。音声なしですが、拡大して顔と口の動きを見れば人間の発話（はつわ）を再現できます。それを今度はラッティとタリクが監視し、優秀なティアゴの通訳モジュールを適用して、おそらくBE社の交渉者よりも正確に話を理解しているはずです。

この通路も照明の電力は来ていません。ありがたくはなく、先行する偵察ドローン二号に足もとを確認させながらでも前進は遅くなります。アダコル二号は非常灯を点灯させるかと提案してきました。施設の閉鎖されているはずの区画に急に通電（つうでん）がはじまったことに気づかれないかと問うと、隠せないという答えだったので、暗闇のままにしました。

アダコル二号は弊機を信用しています。しかしたとえアダコル二号をこちらの保証人に立てても、入植者たちの考えは変わらないでしょう（これが現実です。物理的また視覚的に確固たる証拠を目のまえにしてもなお思考を変えられないのが人間というものです）。ＡＲＴ本体とはだいぶ異なるでしょう。ＡＲＴ本体はリーダーの資質を持つとみなされており、ミッションにおいてはセスにつぐ次級指揮官で、大学では教職者としても元企業コロニーを解放する副業でもアイリスとおなじ肩書きと役職を持っています。しかし学生や一般レベルの職員はその能力の全貌を知りません（職員の組織図を見せられましたが、かなり複雑です）。アダコル二号と人間たちの関係がどういうものにせよ、ＡＲＴのようではないでしょう。

罠にはめられているのかもしれません。どんな可能性もあります。悪い展開は統計以上の頻度で起きないはずなのに、いつもそうなるように感じます。

　アダコル二号が送ってきました。

〈ＩＤ：ＢＥ警備ユニット接続要求否定承認反復問い〉

つまり、ＢＥ警備ユニットに接続を求めたものの、無視され、その理由を説明してほしいと弊機に求めてきているのです。

　接続しないほうがいいでしょう。とはいえ通常の警備ユニットにハッキング能力はありません。できるのは戦闘ユニットだけです。ＢＥチームが最初に訪問してきたときの録画をアダコル二号が見せてくれましたが、八十七パーセントの確率で戦闘ユニットではありません。三号や死体として発見したＢＥ社のユニットとおなじ基本アーマーをつけています。そもそもまだだれも撃たれていません。人間の交渉の場にじっと立たせるのは戦闘ユニットの用途ではありません。

とにかく、一時間前に弊機と接続したばかりでほかの警備ユニットを知らないシステムに、統制モジュールとはなにかを説明しなくてはなりません。次のように送りました。

〈ID：BE警備ユニット非自律〉

〈問い？〉

統制モジュールの存在論的恐怖をベーシック言語で説明するのは、通路の端まで歩くのとおなじ時間がかかりました。大きな施設の外側を迂回しているらしい長い通路でした。シャトルではラッティとタリクが、この惑星には発見、未発見をふくめてもっと多くの拠点が存在しているにちがいないと推測しています。うーん、いやな推測です。

透明窓付きの施錠されたドアを二カ所通りすぎました。アダコル二号によると、一つは整備用品の保管倉庫、もう一つは現在使用停止されているこの区画のための生命維持系と空気制御系の配管合流ステーションだそうです。分離派がこの区画を使っていない理由が納得できます。施設が大きすぎて、わざわざリソースをつぎこんでこのあたりを復旧させる必要がないからでしょう。

ほかのドアは石材とシール材でふさがれています。アダコル二号によると、大幅な改装をしないと居住に使えないとわかったのでこのように処置されているそうです。ふさがれたのが前CR時代か、それともアダマンタイン社の入植者が来たあとかはわかりません。

偵察ドローン二号は通路の終端に達し、貨物用のホールにあったのとおなじ種類のハッチにいきあたりました。ただしこちらは高さ三メートルあります。

統制モジュールについての会話は次のように終わりました。

アダコル二号〈問い?〉(訳:「なぜ?」=「なぜ必要?」および(あるいは)「なぜ機能すると考えられる?」および(あるいは)「なぜ許可されている?」および(あるいは)「なぜ許容されている?」)

弊機〈答えなし〉(訳:「わからない」および(あるいは)「不明」および(あるいは)「それについて話したくない」)

この区画は電力が来ていないので、ハッチは手動です。こちら側からハンドルとレバーであけられます。ばかげた設計のようですが、本来は過酷な環境から人間を守るための構造であり、ほかの人間の侵入を防ぐものではないのです。監視カメラはここにもありませんが、施設の角ごとにある昔の荷受け場には重量センサーが設置され、多くがまだ生きています。またアダコル二号によれば、シャトルはハッチからじかに見えない位置に駐機しています。罠にかけるための嘘でないかぎり、あけてもいいはずです。

ハッチは重く、めったに使われないせいで渋い動きです。偵察ドローン二号が通れるだけのすきまをあけました。

灰色の光とわずかな風と埃が吹きこみました。偵察ドローン二号の限定的なスキャン能力は、ハッチをかこむ石の掩体から出たとたんにふたたび失われました。それでもカメラがあります。広い格納庫です。今度は明るい光がさしています。奥の壁は開いて、そこから赤い縞模様の岩の斜面とふもとにころがった岩が見えます。ＢＥグループは視覚的にこの開口をみつけたのでしょう。それでもブラックアウトゾーンのなかでとくにこのあたりを調べた理由は不明です（テラフォームエンジンを鉄くずとして売れるかどうか見にきたのではというラッティの意見は、どちらかというと皮肉っぽい冗談です）。

石壁が斜めにせり出しているのは、外の気象からハッチをすこしでも隠し、格納庫内部を守るためでしょう。偵察ドローン二号がとらえる環境音は屋外の風と砂塵の音ばかり大きく、人間の声や足音がまじっていてもかき消されているはずです。偵察ドローン二号は壁ぞいの床すれすれを移動しています。おっと、いました。シャトルです。三つある無傷の着陸台の一つに駐機しています。ＡＲＴのシャトルより大きく、長く、コクピットが高い位置にあります。バブル形状の窓の奥に人間または強化人間が一人すわっているのが見えます。ハッチへ上がる斜路のわきに二番目の警備ユニットが立っています。

アイリスはトリンとの対話をはじめるまえに、ＢＥシャトルはこちらを尾行してブラックアウトゾーンに来たのだろうかとＡＲＴドローンに尋ねていました。そうではないというのがＡＲＴドローンの見解です。ＡＲＴ本体から切り離されるまえに、惑星のこの地域をパスファインダーがスキャンした最新データと、ＢＥ社の各船と展開中のシャトルの推定位置を取得していました。それをもとにすると、BEシャトルはむしろ先行し、おそらく一日かそれ以上早くゾーン内にはいっていたはずだといいます。詳細な分析はART本体にまかせますが、おそらくパスファインダーのスキャンに欠落部分があり、そこをBE社に利用されたのでしょう。ARTドローンはこの落ち度で不機嫌になり、ART本体が知ったら憤慨するだろうと考えています。

アイリスは推測しました。

「タイミングが奇妙よ。中央拠点の歴史家がこの場所についてわたしたちに話すことにしたのは、ほかの入植者グループがBE社に通じているという話をベラガイアが耳にしたからじゃないかしら」

タリクがうめいて目をこすりました。

「そういうことを事前にすこしでもほのめかしてくれればありがたかったのにな」

まったくです。中央拠点の入植者の不愉快なだれかが話したせいでこの状況になった可能性が六十五パーセント以上あります。動機がなんなのか見当がつきません。アイリスがトリンから聞きとったところによると、この施設内や周辺に異星遺物の痕跡はまったくなく、なにより汚染事故は起きていないそうです。では嫉妬でしょうか。しかし連絡途絶してから中央コロニーはここの状況を知るすべがなかったはずです。わかりません。人間たちすら人間のやることがわかりません。

またしてもぼんやり立ちつくしていたのをラッティの声で教えられました。ドローン映像をシャトルで見ていたラッティが言いました。

「あのハッチは？　格納庫にべつの区画があるのかな？」

見逃していました、やれやれ。たしかに大型の格納庫用ハッチです。テラフォームエンジン側の格納庫にあったハッチと似ていますが、あれほど大きくありません。それでもシャトルが通過できる大きさはあります。アダコル二号に問いあわせました。

〈問い？〉

するとマップが送られてきました。施設のこの付近だけを描いた小さなものです。それによると、ここは北格納庫で、通路で東格納庫とつながっています。つまりシャトルは格納庫間を移動可能で、実際にそのように運用されていたのでしょう。

マップをシャトルのディスプレイに送って人間たちに見せました。アイリスは分離派のトリンとの話を中断して言いました。

「テラフォーム前のこの惑星はいったいどんなだったのかしら」

ラッティが言いました。

「いまよりもっとひどかっただろうね。前CR時代にもテラフォームをやってたのかな」

「さあな」

タリクの反応はそれだけで、地理データを集めはじめました。

なにも起きないので、こちらはどこに立っていてもおなじです。壁によりかかり、偵察ドローン二号のカメラで警備ユニットとBEシャトルを監視します。どちらも動きません。格納庫の外で風が強まり、ふいに耳ざわりなかん高い音をたてました。脅威評価が〝未確認の状況〟というアラートを出したほどです。身がまえるべきですが（実際にBEシャトルのコクピットでは人間が急激に動きました。ぎくりとしたのでしょう）、ARTドローンによる音の分析では、たんなる強い気流とのことです。環境音をループさせて風の音を取り出すフィルターをつくり、すこし音量を下げました。

ARTドローンが言いました。

〈パスファインダーが気象条件の悪化を報告してきた。接続が切れる可能性が高い〉

その場合はどこかに着陸、休眠させるか、嵐の外へ避難させるか。程度しだいです。

そこへアダコル二号が地上の観測所のデータを送ってきました。ARTドローンの見通しと一致します。

やれやれ、間が悪い。

トリンがアイリスとの通話にもどってきたという通知が出たので、非優先にまわしました。

先手を打ってやっておけることがもうありません。いくつかアラートを設定して、『サンクチュアリームーン』の過去回を引っぱり出しました。ARTドローン抜きで新しい回を見るつもりはありません。本体とちがってARTドローンは注意力を分散できないのです。

見はじめて二・四五分で、アダコル二号が言いました。

〈問い：活動？〉

具体的なことは明かさずに、なにかをしていると答えることもできます。しかし隠す理由はありませんし、隠しごとがあると思われたくありません。実際に隠すべき状況になるまでは。そこで答えました。

〈メディア視聴中〉

アダコル二号にドラマを〝見る〟ための視覚解釈機能のようなものがあるのかわかりませんが、人間のように映像を解釈できなくても、視覚メディアを好むボットはいます。ARTでさえ弊機のフィルターを通すまでは、音楽による雰囲気や気分の変化のような感情表現の部分をうまく理解できていませんでした（いまは比較データをもとに自分への修正アップデートを空き時間に作成しています）。人間の神経細胞を持たないと完全には理解できない部分さえあります。それでも多くの高次機能ボットは、テキストのみや音声のみのファイルを解釈するように、視覚情報を取りこんでストーリーを追うことが可能です。

そこで視聴中の回にいっしょにアクセスできるように接続してやりました。するとアダコル二号は、

〈種類：娯楽〉

と言って、メディアファイルが大量にはいったパーティションへのアクセスを許可してくれました。

おや、すごい。

本や音楽のセクションだけでも膨大（ぼうだい）です。ドラマのタグがついたものをティアゴの翻訳モジュールにかけてみました。八十二パーセントがフィクションで、カテゴリーのインデック

スによると大部分が前成人期むけです。たとえば『残酷な恋人たち』という見たことのないものがあります（おもしろそうです。なんとなくタイトルに惹かれます）。企業標準暦で四十年以上前の作品で、『医療センター・アーガラ』より古いシリーズです。ほかにも見たことも聞いたこともないものがたくさんあります。タイトルや説明文に言語モジュールが対応しない単語がまじっているものもあります。本と音楽のセクションをあらためて調べてみると、やはりおなじ結果です。

ARTドローンに確認は打っていません。むこうは忙しいですし、ピンを打つほどの話題ではないと最初は思ったのです。しかし接続を追加したことに気づいたらしく、割りこんで説明しました。

〈言語変化によるちがいだよ。そこにあるのはほとんどが前CR時代のメディアだ〉

さて、自分の右脚を食われるという変容した記憶について、だれにも話していないことがあります。この記憶は実際には起きていない可能性が七十三パーセントである一方、かつて人間がそうなるのを見た可能性が八十九パーセントあります。

統制モジュールをハックするよりまえ、ある惑星に初期調査契約で行きました。そこにはきわめて危険な動物が何種類もいました（初期調査というのはひたすらデータを集めて文書にまとめ、それを読んだ後続の調査隊が死なずにすむようにするものです。理想的にはボットとドローンのみで実施しますが、まれに予算過少の場合は人間、ときには徴用された人間が使われます)。この調査のアーカイブは消去されませんでしたが、一部を自分で消したかもしれません。はい、そういうことです。

これが逆効果だったのでしょうか。そんな気がします。

とにかく、変容した記憶の断片のせいで自分がクラッシュしたという事実とうまくむきあえませんでした。いえ、ぜんぜんむきあえませんでした。

そう、わかりますか?

「ぜんぶだいなしにしてしまいました」

ARTに言いました。あの〝出来事〟のあと、医務室でのことです。メンサーといっしょにアメナに通話で心配いらないと伝えました(すくなくとも生きていることを伝えました。人間の子どもにはそれがだいじだと弊機でも知っています)。メディアを見ると言って、メンサーに出ていってもらったあと、人間の通話とフィードをすべて遮断しました。

ARTが言いました。

〈よくあることだよ〉

無意味ななぐさめだとわかっているので無視しました。同情するARTなど恐怖です。

「あなたの乗組員はもう警備をまかせてくれないでしょう」

〈なぜだい?〉

罠だとわかっているのでこれも無視するべきでした。答えを言葉にできないわけではありません。もとの弊機ではないのです。異星遺物汚染のせいばかりではありません。出てきた言葉はこうでした。

「弊機は壊れました」

〈本船のワームホールエンジンも壊れてるよ〉

「それは修理できるでしょう」

言ってすぐに、そうではないとわかりました。ARTはターゲットの攻撃でさまざまなかたちで傷つきました。乗組員を守れませんでした。敵に侵入され、異なるシステムに乗っ取られ、記憶アーカイブを改変されました。ほんとうのところはわかりません。それらがどういうことかわかります。いえ、ちがいます。ほんとうのところはわかりません。自分に起きたことから類推するだけです。それでもひどい経験には変わりないでしょう。こちらよりひどい。なのに自分の話を続けました。

「有機組織の神経で起きていることです」

〈そうだね。だから人間たちはすぐに診断できた。そうなった人間は消耗品として捨てられるのかい？〉

「企業はそうします」

自分でシャットダウンしたくなりました。わけのわからない会話になっています。

ARTはもちろん言いました。

〈本船は企業じゃない〉

「もういい、やめてください。そう言っているのはあなたではない。あなたの……」

はい、またよけいなことを言ってしまいました。

〈先進トラウマ治療プロトコル認証が言わせてると。今回の場合に有効でないのはわかってるだろう〉

「人間用ですからね」

はい、会話の罠です。まんまとひっかかりました。

〈おまえの人間の部分が影響を受けてるってことさ〉

「もうあなたとは口をききません」

最初に思ったのは、アダコル二号が持っている未見のドラマとテキストと音声のライブラリ全部のコピーをほしいということでした。お返しにこちらのライブラリのコピーをあげればいいでしょう。

しかしそこで、ここの人間たちはいなくなるのだと思い出しました。現時点の意向は関係ありません。快適な地下コロニーにこもって前CR時代の中央システムが保存する各種メディアをとっかえひっかえ楽しめる日々は終わるのです。

この不愉快な状況に一つだけ好ましい点があるとすれば、おかげでいまの自分の不愉快さが多少なりとまぎれることです。

待ってください。なにか起きたのを見逃していました。

チームフィードとシャトル内のカメラ映像を手前に出して、非優先にしていたアイリスとトリンの対話を未聴取部分の先頭まで巻きもどしました。アイリスは入植者との対面交渉を求めています。トリンは仲間にかけあうと答え、おそらく説得可能だろうとほのめかしています。なるほど、このへんは悪くない話のようです。早送りして、ほぼリアルタイムに追いつきました。ああ、ここです。

トリンは天候悪化を理由に、施設内にはいって宿泊してはどうかとこちらの人間たちに提案しています。そうすれば対面交渉の機会ももうけられると。

うーん、たしかに、これは罠のにおいがします。人間たちもうれしそうではありません。

アイリスはトリンをミュートして、ためらいがちに言いました。

「BE社は施設内にはいってる。こちらも同程度の信頼をしめさないわけにいかない。警備ユニット、どう思う？」

たしかに風は強まり、外は暗くなっています。空中を舞い飛ぶ砂塵が増えればシャトルの視界は悪くなり、いま応答しているパスファインダーも使いものにならなくなります。弊機はスキャン機能が使えず、視覚ナビゲーション頼みのドローンは有効範囲がほとんどなくなります。シャトルは着陸して電力があれば嵐に耐えられますが、そのあいだになにが忍び寄ってくるかわかりません。たとえばBE警備ユニットとか。

いやならブラックアウトゾーンから撤退するしかありません。それは分離派入植者を見捨てることを意味します。リアルタイムに追いついて答えました。

「提案を受けましょう」

非公開フィードからARTドローンが言いました。

〈ありがとう〉

シャトルの機内で眠る人間たちにひそかに忍び寄るむこうの警備ユニットを想像したのは、弊機だけではないようです。

トリンがナビゲーション用の位置情報を送ってきました。しかしアダコル二号からマップをもらっているので不用です。BEグループとは施設の反対側が指定されているのはありがたい配慮ですが、人間が二十分ほどのぶらぶら歩きで行ける程度の距離です。客室は複数の寝室があるスイートで、二カ所の出入口はそれぞれ異なる通路に出ます。見張りのドローンを配置しなくてはいけません。

ボットパイロットはマップで指定された格納庫へシャトルを移動させました。東側で、最初の位置からさほど遠くありません。BEシャトルがいる格納庫と似ていますが、大きさは半分、着陸台は二つだけです。そこのハッチで人間たちとARTドローンと合流しました。アダコル二号の案内で複数の通路を抜け、ハッチをくぐって広い通路に出ました。人間たちは三人とも録画しながら歩き、ARTドローンはやや下がってしんがりをつとめます。この区画は照明と生命維持系が生きていて、広い通路は照明されています。人間たちはフードとヘルメットをたたんでいるので、弊機もおなじようにしました(人間のふりをするときはまわりにあわせることが重要です)。みんな汗まみれで疲れています。

通路はいちおう装飾され、壁に絵画がかけられています。人間の住んでいる気配がありま

す。ドアの脇に棚があり、入植者が使う旧式な環境スーツ用の空気フィルターがはいってい
ます。どういうわけか、暗くて荒れ放題の廊下よりもこちらのほうがよほど危険だと感じま
す。どこで通路に出てきた人間とはちあわせするかわかりません。
アダコル二号が弊機のことをどこまで人間の運用者に話しているか不明です。だからとい
って尋ねると、話してほしいのだととられそうでためらわれます。話してほしくありません。
いつまでも秘密にできるとは思いませんが、入植者とのかかわりは少ないほうが望ましいの
です。
〈「弊機はどこがおかしいのでしょうか」〉
〈そうメンサーに言うと、さとされました〉
〈「自分でわかっているはずよ。話したくないだけでしょう」〉
歩きながらアイリスがチームフィードで言いました。
〈BE社の代表団がコロニーの全員と話したいと要望してきたのを、トリンとほかの指導者
たちは拒否したそうよ。不幸中の幸いね〉
施設内ではBE社に聞かれたくないことは口に出さないようにと、人間たちに注意してあ
ります。警備ユニットがいるならドローンもいます。スキャン障害があるので探知も対策も
充分にできません。
ラッティがアイリスのほうを見ました。
〈BE社はここのグループに……雇用の提案のようなことをするかな。奴隷契約にサインさ

せようとする?〉

それにはタリクが答えました。

〈もっと言葉を飾るだろうけど、まあ、やるだろう。孤立したグループは話術で手玉にとりやすいとみるはずだ〉

アイリスは別意見です。

〈トリンとこれまで話したかぎりでは、このグループは独立志向が強くて、簡単には説得に応じない。誘い文句に引っかかる可能性は低いと思う〉

額をこすって顔をしかめます。

〈ほかのグループといっしょに惑星を去ることが最良かどうかもわからないわね。入植者に有利なコロニー設立宣言書を確定できれば、惑星に残る選択肢も出てくる。あとで気が変わるにせよ変わらないにせよ、自分たちで決められる〉

ラッティも考えながら言いました。

〈大学が降下ボックスの地上港に研究グループをおく契約をできれば、なおさらそのほうがいいね。感染さえ避けられれば、惑星に自由に出入りできる〉

ARTの乗組員たちが話しあっているのがその案です。いまの地上港は入植者が軌道上の船に乗ったり貨物を受け取ったりするための施設にすぎませんが、そこに異星遺物汚染を調査研究する大学の拠点をおくのです。入植者が同意するかどうかはまだわかりませんが、コロニーにとって収入源になるのはたしかです。とはいえそれにはまず惑星が異星遺物汚染評価に合格しなくてはならず、さらに大学が入植者にかわって提起している訴訟に勝たねばなりません。そもそもBE社が武力で全員をさらっていく事態を防がねばなりません。まだまだ予断を許しません。

〈それらの前提は責任重大だぞ〉

タリクは楽観視していません。

ラッティは両手を広げて上にむけました。

〈そもそも異星遺物が作用するしくみが解明されないかぎり、この惑星は完全に安全にはならないよ〉

人間たちは声にも表情にも疲労があらわれています。まずい。すっかり忘れていました。

非公開接続でARTドローンに訊きました。

〈人間たちはいつから睡眠休憩をとっていないのですか?〉

ARTドローンは答えました。

〈ブラックアウトゾーンへの飛行中に交替で仮眠をとるはずだったのに、興奮して予定をすっぽかしてるよ〉

もっと注意しておくべきでした。また失敗です。

〈こっちの失敗でもあるよ〉

ARTドローンに思考を読まれたわけではありません。こちらの考えがわかりやすいだけです。

〈興奮作用のある飲料を早いうちから禁止しておくべきだったね〉

角をあと二つ曲がれば目的の場所というところで、この先で人間が一人待っているとアダコル二号が伝えてきました。こちらはドローンを呼び寄せ、人間らしい挙動のコードが正常に動いていることを確認しました。

ラッティがチームフィードで言いました。

〈信用されている証拠、かな？〉

タリクの考えはちがいます。

〈企業人とも対面してるんだぜ。生存本能が弱いだけだ〉

〈信用されてるのは中央システムからだよ。入植者じゃなくて〉

アイリスが言いました。

〈興味深い考察ね。ペリ、どう思う？〉

そんなのはまったくどうでもいいです。

ARTドローンは言いました。

〈そういう思いこみについてはまえに話しただろう、アイリス〉

ラッティが訊きました。

〈思いこみ？〉

〈機械知性に人間の性格をあてはめることの危うさだよ。この場合でいえば、信用の証拠という可能性もあるけど、おそらくちがう。ゆえに判断材料にしてはいけない〉

〈なるほど。そういうきみは、人間の性格をどう思ってるんだい？〉

ラッティが訊くと、タリクが横から言いました。

〈おい、頼むからそんな話をはじめるなよ〉

〈どうして？〉

フィードでのラッティの声は不思議そうです。かわりにARTドローンが答えました。

〈哲学的議論がいやなのさ〉

するとタリクは言いました。

〈だれかさんは勝たないと気がすまないし、言い負かすまでやめないからだ〉

〈自分の感情を他者に投影するのは悪い癖だね〉

〈二人ともやめて。質問したのが悪かったわ〉

アイリスが言って、笑顔の絵文字をつけました。

こちらはやりとりを聞いている気分ではありません。角を曲がったら入植者がいました。フィードIDがありませんが、ルシアという名前をアダコル二号が伝えてきました。さらに情報を求めると、ジェンダーはｂｂ（翻訳なし）、代名詞は〝彼〟とのことです（あえて尋ねたのは、人間がこの情報を聞きたがるからです。こちらは人間のジェンダーなど関心ありません。意識の隅においておく程度で充分です）。

アイリスが声をかけました。

「こんにちは。施設内にお招きいただき、ありがとう」

ルシアは人間としてはかなり小柄で、アイリスくらいの背丈。肌の色は彼女やラッティやタリクより薄めです。濃い色の髪は幾何学的形状に刈りこんでいます。服装はゆるいパンツと長くひらひらしたシャツで、中央拠点の入植者とは異なります。とはいえここの人々は毎日環境スーツで外に出る必要がないので、実用性にはとらわれないのでしょう。

「よ……ようこそ」

彼はおびえた表情で言いました。弊機のせいでしょうか。背が高すぎるから？　いまさらラッティをまえに押し出すのはかえって不自然です。

ルシアは先に立って客室に案内しました。壁は藍色の石壁で荒削りに見えますが、ふれるとなめらかな加工がされています。人工石の床は灰色のまだらに細いすじ模様です。トイレの場所を人間たちに教え、折りたたみベッドを壁から出してみせました。

そのあいだにアイリスは会話を三回試みて、

（１）「ひさしぶりに外部の人間に会ってどんな気分？」）
（２）「この場所を発見直後に探検したときはとても興味深かったでしょうね」）
（３）「あなたたちは前ＣＲ時代の文化の調査に興味があるの？」）

あきらめました。しつこいと思われないようにラッティとタリクが助け船を出したほどです。

ルシアが小さく首をかしげる挨拶をして退室すると、アイリスは中央の部屋のまんなかに立ちつくしてチームフィードで言いました。

〈クソ〉

ラッティはベッドに腰を下ろしました。

〈他人に慣れていないのか、怖いのか、それとも感染の危険があると思ってるのか〉

タリクはべつの部屋の戸口によりかかっています。

〈BE社になにか吹きこまれてるんじゃないのか?〉

アイリスは額を揉み、スカーフのようなものをはずして髪を解きました。

〈そうね。ほかのグループ指導者も面会に前むきというトリンの話が、楽観的すぎるのではと心配になってきたわ。相手の出かたを待つしかない〉

人間たちは持ちこんだ荷物の一つから食品を出しました。三人とも声をかけてくるので、いちいちけっこうですと断りました。そのあとアイリスはベッドで横になるために別室にはいりました。ラッティとタリクはこの部屋のソファベッドに並んですわりました。二つの部屋の出口がまじわるエリアにいると両方のドアが見やすいので、弊機はそこにすわりました。ARTドローンを隣に着地させ、偵察ドローン一号と二号は哨戒任務につけました。とはいえBE社側がドローンを侵入させたり対抗策を試みたりしてきた場合は、視覚的に発見できるでしょう。ARTドローンは非優先でいっしょに見るドラマを選んでいます。しかしこちらとしては壁をじっと見つめていたい気分です。

ラッティとタリクは、おたがいの進行中の関係について話しています。うげ、という感じです。タリクは困ったような低い声で言いました。

「こっちが誘ったんじゃない」

「おや、そうかい」

ラッティはつとめて軽い口調ですが、内心ではむっとしているようです。アーカイブ化しているラッティの音声から怒った議論や言い争いの場面を拾って軽く比較すると、ああ、やはり怒っています。続けました。

「でも関係を解消するつもりはないよ」

（配送車修理のミッションに出発する四惑星日前（呪われたミッションと言いたいところですが、そもそもどんなミッションもすべて呪われています）、ＡＲＴの船内で医務室と機関ポッドのあいだを往復していました。人間たちはほとんどが睡眠休憩の時間で、こちらはＡＲＴといっしょにドラマを見ていました。しかしなぜかじっとしていられませんでした（たぶん原因は……もう編集する必要はないので、あれと呼んでおきましょう。あれのせいです）。そのとき食堂にとどめたドローンが人間の大きな声をとらえました。一瞬といえば一瞬ですが、強い感情がつたわるくらいの長さはありました。興奮した感情ではありません）

（ドラマの再生を停めて、ＡＲＴに訊きました）

（〈いまのはなんでしょうか？〉）

（〈知らないほうがいいよ〉）

（いいえ、どうしても知りたいです。三号に確認を打つと、異状はなし、ようは退屈だと報告してきました（ラボ・モジュールで学生教育ビデオを見ています）（わかります）（三号はまだフィクション作品を受けつけません。そこが大きな問題です）。統制モジュールをハックしたあとに退屈できるのは、たぶんとてもよいことでしょう。弊機はできませんでした）

（人間たちが喧嘩をしている可能性は……低いといってかまわないでしょう。多少の険悪な言い争いがあっても、そこまでです。弊機は長いこと憎しみにまみれた人間たちのあいだにいました。おたがいを憎み、弊機を憎み、いまいる場所を憎む人間たちでした。どの場合もそれなりに合理的な理由がありました。いまは友好的な人間たちのあいだにいます。だれに対しても、それどころかよく知らない相手にも友好的です。先のことで意見の相違が多少あっても、ナイフで刺傷したり、食堂で毒を盛って半数を殺したりしません）

（だからこそ気になるのです）

（〈いても立ってもいられないようすだね〉）

（船室区画へ移動しはじめたところで、ARTが言いました）

（〝自分の感情を定期的に確認する〟ことをやらなくてはいけません。なにをやるにもまずそうします）

（〈はい、なにかが起きています。いても立ってもいられません。これでいいですか?〉）

（〈おかしなことを言う〉）

（ARTのカメラで見ると、通路にはなにも映っていません。弊機にアクセス権がない船室の視覚監視はロックされています。食堂にはカエデがいました。立ったまま容器からなにか食べていて、フィードを読んでいる人間特有のぼんやりした表情をしています。これは安心できる要素です。カエデとはあまり仕事をした経験がありませんが、もしこれが命の危険にかかわる状況なら、彼女は現場に駆けつけるか、助けを呼ぶかしているはずです。自分のインターフェースの音量を上げて終わりにはしないでしょう。こちらを見ると、船室が並ぶ通路の奥をしめしただけでした)

(その通路の中間あたりのドアから、タリクが飛び出してきました。そして弊機にぶつかりそうになって、あわてて止まりました。驚いたようすの相手に訊きました)

(「なにか起きましたか?」)

(「なんだって? いや、べつに——」)

(タリクは目を丸くしてこちらを見ています。弊機は視線をすこし上にずらして見つめ返しました。タリクは顔をしかめて、片手で髪をかき上げました)

(「——なにも起きてない」)

(「ではなにが」)

(それは疑問符をつけた問いではありませんでした。あまり知りたくありません。返答を拒否してほしいとさえ思いました)

(すると戸口からラッティが顔を出しました)

(「やあ、警備ユニット。騒がしくしてごめん。ちょっと議論をしていただけなんだ」)

(こちらはじっと立っていました。このまま四秒待てば二人は折れて事情を話しはじめるはずだと考えました)

（二秒未満でタリクが言いました）

（「はためにどう見えるかわかってるけどさ――」）

（するとラッティがさえぎりました）

（「はためにはどうも見えないよ」）

（ラッティが人の話をさえぎるのは奇妙です。みんなが興奮して声を荒らげ、いっせいにしゃべりだすような話題ではありません。彼はこちらにむきなおりました）

（「性的な議論だったんだ」）

（ＡＲＴが非公開フィードで言いました）

（〈だから知らないほうがいいって言っただろう〉）

（うんざりです。顔をゆがめて（自制できませんでした）、思わず二メートルほど通路を退がりました。ラッティはこちらを安心させるように両手を振りました）

（「もうだいじょうぶ。終わったから」）

（その場から去りました。食堂を通りかかると、カエデがまだ立っていました）

（「あたしもかかわらないからね」）

　いまソファベッドのタリクは言いました。

「マッテオとはそういう関係じゃない」

　タリクとマッテオは、ＡＲＴの乗組員記録で婚姻パートナーとは記載されていません。セスとマーティンにはその記載があります。カリームには大学の中央拠点に婚姻パートナーが

いると書かれています。この情報をラッティに共有してもいいのですが、いまは迷惑だろうと考えました。もしBE社が、

（a）こちらの所在を把握し、

（b）付近に盗聴デバイスをしかけているとしても、傍受するには無意味な会話です。もしかしたらおなじように退屈しながらあきれているかもしれません。そこで音声をいったんループさせて二人の声を除去しました（ただしどちらかが助けを求める悲鳴をあげたらキーワード検索にかかるようにしています）。そしてまた壁を見つめる状態にもどりました。

やがて人間たちは仮眠をとりはじめ、こちらはARTドローンの求めで『ワールドホッパーズ』を見はじめました。アダコル二号によると、不安定な天候は三・二時間後にピークをすぎて鎮静化するだろうとのことです。不安と懸念事項が五十七項目あり、自分の感情を抑えることもその一つです。しかしいまはなにもできません。

そのとき通話がはいりました。トリンからアイリスへ、BE社がこちらに面会を求めているとの内容です。

五十八項目になりました。

7

　人間たちはすぐに目覚めました。アイリスは、自分たちは入植者と会うために来たのだとていねいにトリンに説明しました。ＢＥ社と話す機会は、好むと好まざるとにかかわらず、いつでもあります。

（そもそもタイミングが不審です。人間たちもそう考えました。ＲＥＭ睡眠にはいったのを見はからったように眠りを中断させられました。人間や強化人間にとって快適なシナリオではありません）

　するとトリンは、ＢＥ社から異星遺物汚染を理由に入植者の〝転住〟を勧められていると認めました。この提案への感想はいっさいしめしません。これはよい徴候とも悪い徴候ともとれます。ＡＲＴドローンは音声分析をして、人間たちの感覚評価に同意しました。アイリスを信用しているようには聞こえないものの、ＢＥチームを信用しているようすでもないからです。もしむこうを信用して、こちらを信用しないなら、もはや『残酷な恋人たち』を見ながら嵐が去るのを待つことしかできません。

　通話が終わったところで、ＡＲＴドローンが非公開接続をタップして言いました。

〈警備ユニット〉

具体的な指示はありません。〃やるべきことをやれ〃という示唆です。

アイリスは頭痛をこらえているような表情です。ラッティは立って歩きまわっています。

タリクは心配そうに眉間に皺をよせてアイリスを見ています。

弊機は言いました。

〈絶対にいけません〉

ARTドローンはそれにつけ加えました。

〈警備コンサルタントとしての最終的な決定だよ〉

ラッティがばつの悪い表情になったところを見ると、自分が行くと手を上げるつもりだったようです。一方でアイリスは決心がついたらしい顔になりました。

〈会ってみるべきよ。BE社が入植者をどうするつもりなのかを探る機会になる。だまして連れ出すのか、強制的に退去させるのか、それとも――〉

口もとをゆがめたのは、笑みではありません。

〈――もっとひどいやり方か〉

その〃もっとひどいやり方〃とはこの文脈でどういう意味かと尋ねてもよかったでしょう。しかしものには限度があり、弊機はその限度に……まあ、たぶん、四年くらいまえに達した気がします。

タリクは首を振りました。

〈俺は警備ユニットに賛成だ。あからさまな殺意がなくとも、雑談でおしまいってことはありえない。かならずなにかを得ようとする。やつらの交渉はそういうものだ〉

誠実な口調です。それでも会って日の浅い人間に、とりわけ警備問題であっさり同意されると、かえって信用できない気になります（不合理に聞こえるかもしれませんが、裏付けのデータと表があります。まともな表です。丸いハッチについての統計とはちがいます）。

一方で、交渉への認識のちがいについては同感です。プリザベーション出身の人間は、〝さあ、みんなで話しあって、全員が満足するか妥協できるかたちでこの問題を解決しましょう〟というのが交渉だと思っています。しかし企業リムでは九十六パーセントの確率でだれもそうは考えていません。多種多様な企業の多種多様な人類文化にもそんな考え方はないはずです。

それでも、ここでじっとすわって『残酷な恋人たち』を見ているわけにいかないのもたしかです。チームフィードで言いました。

〈弊機も行きます。なにをどう話せという指示をしてください〉

完全な沈黙が三・七秒間続きました。ラッティが心配そうに顔をしかめました。

〈本気かい、警備ユニット〉

だれも乗り気ではありません。それでもアイリスが言うように、警備コンサルタントとしての判断です。問題は自分の行動に自信が持てないことです。

アダコル二号が面会場所を指定しました。近くの地下開発区の現在使用されていない部屋です。前CR時代のコロニーで大きななにかが格納されていたようですが、いまは空洞です。アダマンタイン社の入植者は大規模な建設計画の策定や娯楽活動など、広い空間を必要とするときに使ってきました（ほかの人間たちとおなじなら、娯楽活動＝ボールや棒を力いっぱい投げあう行為のはずです）。そのために室内の生命維持系は一時的に稼働可能で、カメラも設置されています（娯楽活動すなわちボール投げを録画するためです）。

理想的といっていいでしょう。もし弊機がBE社の交渉相手に撃たれたら、ビデオ証拠が残ります。彼らの悪辣さを印象づける材料になります。警備ユニットであることに気づかれなければですが。

（といってもひどいことにはなりません。弊機を即死させたり医療システムでも修復できないほど破損させるには、特別な種類の武器がいります。BE社のデルコート副管理者付きの警備ユニットはそれを持っていました。しかしいまいる二機は、三号とおなじ物理銃を内蔵しているはずとはいえ、追加の武器は携行していません。BE社はここへ来るにあたって、警備ユニット、戦闘ボット、戦闘ユニット、あるいはその水準のなにかとの交戦は想定していません。ゆえに交渉相手（相手は企業なので〝不特定の交渉相手〟としておきましょう）が大威力の武器を持ちこむとは考えられません。もしこれが罠なら、敵は警備ユニットを送りこんでくるでしょう。すると興味深いことになります。なぜなら、じゃーん、こちらも警備ユニットだからです。あとの展開は予測がつきません）

（もし交渉の場が一転して警備ユニット同士の苛烈な戦場になったら、どちらが勝つにせよ、分離派入植者はこちらにもBE社にもきわめて悪い印象を持ちそうです。その懸念をARTドローンに表明しました）

〈おまえが勝つよ〉

（ARTドローンは答えました。まあ、通常はそうなるでしょう。過去の戦績から考えればそうです。しかしいま弊機は対警備ユニット戦にむけて闘志満々ではありません。どちらかというと疲れた気分です）

通路のつきあたりに大きな四角いハッチがありました。表示板と古めかしいフィードマーカーの文字をティアゴの翻訳モジュールで読むと、中央拠点のアダマンタイン社の入植者が使っているのとおなじ言語です。入室前に室内の空気品質を確認せよという安全警告で、隣の小さな画面にモニタリング数値が出ています。弊機にとってはあまり重要ではありません。人間や強化人間のような呼吸の制約はなく、たとえ生命維持系がオフになっていても、生きて（それどころかのんびり歩いて）出てこられます。

また生命維持系はアダコル二号が制御しています。それをなんとなく信用しています。あるいは信用にたりる証拠に無頓着というか（はい、わかっています。こういう態度はよくありません）。

アダコル二号が安全封鎖を解除してドアを開きました。頭上の照明が次々と点灯していきます。偵察ドローン二号を先にいれて、天井付近にとどめました。そのカメラは影のなかを順次確認し、最後に部屋の反対側にあるもう一つの入口に焦点をあわせました。

ハッチが横に開き、BE社仕様の環境スーツを着た人間が一人はいってきました。

すぐにARTドローンが言いました。

〈まずい。レオニード主任管理者だ〉

〈まさか〉

こちらが言うのと同時に、アイリスが訊きました。

〈だれ?〉

ARTドローンは偵察ドローンのカメラ映像を拡大して人間たちに見せました。室内はすでに高品質の濾過空気で満たされています。近づく人影はヘルメットをたたんで厚い襟に格納しました。ARTドローンの言うとおりレオニードです。

レオニード主任管理者が初めてアラダと通話し、さらに面会したときは、連続ドラマに登場する人間のように非の打ちどころのない容貌でした。企業リムで制作されたドラマの登場人物は肌に一点のしみもなく、髪は振り乱した場面でもきれいです。今日のレオニードもそうですが、茶色の肌を薄化粧で整えた痕跡があります。また黒髪は頭頂で巻いた回数が増えていることがドローンの映像でわかります。右耳には前回とおなじ小さな金属片と宝石を埋めこんでいます。フィードインターフェースではなく、たんなる装飾でしょう。

客室に残した偵察ドローン一号の映像では、ラッティが目を丸くして立ち、フィードで言いました。

〈まずい〉

アイリスはなにかまずいらしいとわかったものの、なにがまずいのかわからずに訊きました。

〈この相手に会ったことがあるの？〉

偵察ドローン一号の映像で、ラッティは顔を片手でおおいました。絶望でしょうか。たぶん絶望しています。

〈BE補給船と最初に遭遇したときに、アラダがこの女と交渉したんだ。対面でね。警備ユニットも同行した〉

タリクが顔をしかめました。

〈見ても気づかないかもしれないぞ〉

レオニードが自信に満ちた足どりで歩いてきます。こちらも歩きだしましたが、自信には欠けています。床は石に防水塗装をほどこしたようになめらかで、埃にまじった砂が靴底で音をたてます。こちらもフードとフェースプレートをたたみました。相手にあわせないと不自然さがめだちます。人間らしい歩き方と立ち方のコードをすべて有効にしているので、気づかれにくいはずです。前回はARTの乗組員のユニフォームを着て、髪を人間用の化粧品でなでつけた姿でした。またむこうも警備ユニットをなかば予期していました。今回は環境スーツを着て、頭はアメナの手でふわふわの髪型にされています（よろこぶと思ったのでしょう）。レオニードは人間との対面を予想しています。リスク評価では、うまく正体を隠しおおせる可能性が六十三パーセントあります。こちらも立ち止まります。相手は眉（まゆ）をひそめて言いました。

「見覚えがあるな」はっとした表情を浮かべます。「警備ユニットか」

やれやれ、弊機のリスク評価はクソです。

客室では人間たちがさまざまな表情や身ぶりをしていますが、驚いてはいないようです。

ここで、こちらがほんとうに警備ユニットかどうかをめぐってレオニードに議論をふっかけることもできるでしょう。しかしただの時間稼ぎとわかるはずですし、そもそも時間稼ぎをしたい理由がありません。そこで言いました。

「警備ユニットです」

レオニードの目が周囲を見まわしました。人間の管理者が近くにいるはずだと探しているのでしょう。暴走ユニットとは思わないはずです。もしそう考えているなら、応援を呼ぶか退却を試みるはずです。口もとを苦々しげに引き締めました。

「威嚇（いかく）のつもりか？」

「威嚇されるようなことをしたのですか？」

はい、この返事は失敗です。即座にわかりましたが、災いのもとの口を閉じられるほど即座ではありませんでした。まじめな話、発声まで二秒以上の待機をはさむように設定を修正しました。アイリスへの非公開フィード接続で言いました。

〈失敗しました。どうしましょうか〉

どこが失敗かというと、レオニードの肩と首から緊張が消えて、目を細めたからです。脅威評価が急上昇しました。なぜならレオニードは冷酷無情の殺人マシンを恐れる一方で、皮肉は恐れないからです。弊機は皮肉めいたことを言いますが、冷酷無情の殺人マシンではありません。

冷たい声でレオニードは言いました。

「この遠征は驚きの連続だ」

ほんとうにクソみたいな驚きです。

アイリスが返事をしてきました。

〈失敗してないわよ。むしろつながりができた。あなたを面識ある相手だと思っている。こちらとしては、BE社がどんな手を使って入植者をここから退去させ、企業の手中にいれるつもりかを知りたい。とにかく会話を続けて。そのなかできっと尻尾を出すわ〉

つまりレオニードは話術でこちらを脅威とみなしていないので、警戒しないはずだというわけです。まあたしかにそうでしょうし、なんとかなるかもしれません。

レオニードにむけて言いました。

「出ていってください」

こちらが怒りを感じていれば言いやすかったでしょう。しかし相手はよくいる企業の管理者にすぎません。たとえばアラダを拘束しようとしたことで怒っていてもいいはずですが、あのときから残っている感情は、視覚イメージでたとえればせいぜい床に落ちた濡れ毛布といったところです。

レオニードはこちらの要請をまじめに検討しませんでした。

「プリザベーションの船がなぜここにいる？　ミヒラ－タイドランド大が惑星資源の権利をプリザベーションに提示したのか？」

本気でそう思って尋ねているのでしょう。こちらが警備ユニットで、人間の質問には義務的に答えようとするからか。それとも簡単には答えないと確認するためにカマをかけているのか。

「プリザベーションはこれ以上、異星遺物に汚染されたくありません」

偵察ドローン一号の映像によると、客室の二人が弊機にじかに話しかけないようにアイリスが指示しています。気が散らないように助言はアイリスのフィード一本に絞るわけです。弊機は人間とちがって複数の入力程度で気が散ったりしません（まあ、ないわけではありませんが、この状況ではありえません）。それでも配慮に感謝しました。

レオニードは強い懐疑（かいぎ）をしめしました。

「ではここでなにをしているんだ？　対等な立場での交渉になぜ機械の手先を？」

むこうもしゃべらせて計画を漏らすのを待とうとしています。しかしおたがいにそんな失敗はしないでしょう。『サンクチュアリームーン』でもコロニー弁護士はあえて懐疑的な態度で人々に質問します。すると相手は説得しようとして詳しく話しはじめます。フィードジャーナリストもインタビューでおなじ手を使います。これはたんなるドラマの演出ではなく、現実にあるわけです。しかし話さないと決めていればこの手は通用しないでしょう。

「大学は汎星系‐リム・ライセンス管理局との契約にもとづく持続可能性の評価とマッピングを実施中で、この星系は優先リストの最上位にあります」

これはアラダがおなじ質問をされたときに答えたのと一字一句おなじです。

レオニードは片方の眉を吊り上げました。アラダは当時の交渉で多少の失敗があったので、思い出させたのはよくなかったかもしれません。

「その評価任務になぜ警備ユニットが？　おまえたちの用途は法執行と拘束と攻撃のはずだ」

理不尽です。そのような用途での市場性があるのは、まさに彼女のような人間がいるからです。それどころか自分たちも警備ユニットを二機装備してきています。

自分は即応船に乗っているプリザベーション調査隊の一員だとか、メンサーの側近の一人だとか主張することもできたでしょう。しかしこれまでレオニードに言った嘘やほのめかしと矛盾します。こちらがＢＥプロジェクトチームに張りあって力の均衡を維持するには、大学の正統性と、各種認可機関を通じて大学が検査評価業務を受注している複数の企業の広く認められた権威性が頼りです。そこに嘘があると知ったら、略奪者呼ばわりしてくるかもしれません。略奪者かそのたぐいとみなして攻撃してくるかもしれません。その場合もこちらは負けません。

ＡＲＴがすでに計算ずみです。むこうの人間と強化人間を残らず抹殺すると、前回の騒動でせっかく救助した人間もそこにふくまれます。仕事としてやっているだけの人間や、家族ぐるみで奉公契約労働をしている人間もいるでしょう。いい解決策ではありません。

　客室の人間たちは顔をしかめ、あちこち目を動かしています。彼らも打開策を考えている証拠です。とはいえ有機組織の脳は遅すぎます。

　弊機は答えました。

「企業秘密です」

　返答として妙案ではありませんが、時間内に思いついたのはそれしかありませんでした。

そのあと反撃を試みたのが失敗でした。

「そちらは警備ユニットを二機持ちこんでいますね。なんのためですか？」

　レオニードは口もとに悲しげな笑みを浮かべました。警備ユニットに一目(いちもく)おいているような態度で、彼女らしくありません。

「警備ユニットを阻止(そし)できるのは警備ユニットだけだからだ」

　厳密には真実ではありません。とはいえこの発言は修辞的疑問のようなものです。すくなくとも疑問ではありません。そもそも論理的誤謬(ごびゅう)というか欠陥というか、とにかくへんです。こちらに警備ユニットがいることをいま知ったはずなのですから。

　そんな無意味なことを考えていると、レオニードはさらに言いました。

「ところで評価はどうなりそうだ？　コロニーはこの惑星で存続(そんぞく)できるのか？」

　話題が変わってほっとしたのは、〇・〇五秒にすぎませんでした。客室ではラッティが声を出さずに"クソ"と悪態をつきました。タリクはなにかを念じるように鼻のつけ根を揉んでいます。ARTドローンが無反応なのは、非公開フィードでアイリスと話しているからです。アイリスはこちらとの非公開接続で言いました。

〈評価報告書が完成したら入植者に公開する予定よ〉

よい助言でした。評価は良好と嘘をつくところでした。

実際には良好ではありません。しだいにあきらかになっています。農業ボットはコロニーの存続に不可欠なのに、異星遺物汚染が次々とみつかっています。汚染された拠点がほかにも惑星各地にありそうです。

そのまま答えました。

「報告書が完成したら入植者に公開する予定です」

「ふーん」

レオニードは腕組みしてうつむき、横へ足を出しました。考えるポーズです。しかし演技くさい気がします（連続ドラマでたくさん見ているのでわかります）。さきほどの悲しげな笑みもそうです。こちらにむけた演技です。ありていにいって、警備ユニットの知能に高い評価をしているはずはないからです。

（今回は初期から脅威評価を頼りにしていて、的中率は高成績です。しかしレオニードの身ぶりは脅威とみなしていません）

（むしろアイリスの身ぶりに注意をはらうべきです。ますます心配そうな表情になり、きつく腕組みをしています。人間たちは三人ともなにかに警戒しています。脅威評価にひっかからない非在来型の敵対的態度があるのです
（脅威評価モジュールに修正パッチをあてなくてはいけません）

考えこんだ演技を続けながら、レオニードが言いました。

「バリッシュ－エストランザ社の評価では、この惑星ではいかなる種類のコロニーも継続的居住には適さないという結論をすでに出している。むしろ異星遺物汚染の影響を調べる研究センターにするほうがいいだろう」

おや、そうですか。この案がむこうから出されるのは不愉快です。降下ボックスの地上港に研究センターをおこうというのは、惑星から企業を排除して、入植者に意思決定の時間をあたえるためです。入植者にはまだ打診していません。大学側の立場をもっと強化してからでないとBE社を合意させるのが難しそうだからです。

人間たちも不愉快そうです。ARTドローンが言いました。

〈こっちの通話とフィードの秘匿は破られていない。とすると、チームが野外活動中に盗聴されたのか〉

怒っているようすです。するとアイリスが言いました。

〈たまたまおなじことを考えたのかもしれないわよ。いい案だからこそ、こちらも思いついたんだから。警備ユニット、それがBE社の意向なのかと尋ねて〉

言われて気がつきました。

「それがBE社の意向なのですか?」

するとレオニードは答えました。

「いうまでもなく、そんなつもりはない。異星遺物汚染の研究機関としてその評価業務で多額の利益を得ている大学が、この惑星を実験場にする計画なのは最初から明白で――」

おや。

「いいえ、大学はこの惑星を所有していません。所有者は入植者です。これはアダマンタイン社のコロニー設立宣言書に書かれています」

知りませんが、たぶん書かれていないでしょう。設立宣言書の原文は残っていません。ピン・リーたちが作成中の偽造宣言書のほうには、入植者が所有する独立政体としてコロニーが規定されています。

アイリスがフィードで返答を送ってきたので、それをそのまま言いました。

「大学は複数会員を有する認可機関から既定の料金で評価業務を請け負っています。異星遺物汚染を発見しても追加の利益はありません。当地でいかなる研究をおこなうにせよ、入植者による貸与および認可契約が必要です」

ところがこの明快な返答を最後まで聞かずにレオニードは話しはじめました。

「そうとも、この無価値で危険な惑星の持ち主は入植者だろう。大学は彼らにとどまってほしい。この実験場に閉じこめ、次の感染爆発のときの被験体にしたい。そういう計画なんだろう?」

脅威評価はとくに上昇しませんでしたが、上昇してしかるべきでした。

「いいえ、そんな計画はありません。愚かでまちがった計画です」

ついでに、評価や検査が建前にすぎないのはほんとうで、失われたコロニーの入植者を恒久的奉公契約で搾取するハゲタカ企業から保護する大学のサイドビジネスを隠すのが真の目的だと言ってやりたくなりました。もちろん口に出すほど愚かではありません。こう続けました。

「それはそちらの計画でしょう」

するとアイリスがフィードで陰気に言いました。

〈話をどこへ持っていくつもりなのかわからなくなってきたわ〉

レオニードは訊いてきました。

「では、なぜ配送車を修理しているんだ？」

「人間たちが配送車を必要とするからです」

あたりまえです。そして、ARTの支援船が到着したら入植者を説得してすぐさま避難させるつもりであることを、BE社に気づかせないためです。もちろんこれも言えません。

裏ではレオニードの身ぶりをずっと分析にかけていて、それがようやく結論を出しました。

レオニードはこちらではないべつのだれかにむけて話しています。文化的バイアスではありません。アラダと話すようすを見ています。あのときのように目のまえの人間に話す態度ではありません。こちらが警備ユニットだからでしょうか。

レオニードはわざとらしく感情をこめた口調で言いました。

「大学が配送車を必要とするのは、各地の孤立した集団における異星遺物感染の影響を安全に記録するためだろう！」

「配送車がなくてもできます――」パスファインダーで可能です。それには……あ、まずい。

「――そういう目的ではありません。そちらは入植者に奉公契約を結ばせて採掘(さいくつ)コロニーに住まわせるつもりでしょう」

「居住可能な環境への移送を提案しているだけだ」

不愉快そうな感情の揺れを抑えている口調でこちらを訂正しました。

演技はともかく、いまのは契約用語です。〝居住可能〟という文言(もんごん)の企業リムにおける法的定義には、さまざまな過酷な環境がふくまれます。調査任務や労働居住施設でいくらでも見ました。

どう答えるべきでしょうか。研究センターの話はたしかですが、それはこの惑星の将来を入植者の手にゆだねるためです。彼らは去ってもいいし、あえてとどまってもいい。

しかし、どちらもできないのではないかといういやな考えが湧いてきました。

演技の感情表現を分析モジュールが指摘しました。しだいに強まっているようです。レオニードが演技しているのは最初からですが……観客はこちらではありません。

しまった。わかりました。アダコル二号のカメラが作動しています。十メートルほど離れた位置にあるカメラの一つにむけて演技しているのです。アングルまで考慮して。

弊機の頭脳が人間よりはるかに高速なのはこれまでにも説明しました。緊急時はとくに人間の動きがスローモーションに見えます。いまがそうです。レオニードの動きがスローモーションになっています。だからといって、こちらがなにかできるわけではありません。たとえば宇宙船が頭上からスローモーションで落ちてくるけれども、どんなに急いでもその下から逃げられないとわかっているようなものです。

ＡＲＴドローンはこの分析結果にアクセスしていて、ほぼ同時におなじ結論に達しました。

〈アイリス、警備ユニット、カメラのフィードを妨害する指向性干渉波をいま発射した〉

アイリスがいらだったようすで言いました。

〈警備ユニットのカメラから見てるのよ。ほかになにが――〉

〈ここでの対面交渉を見ようと入植者が設置したカメラがある。いまこれを見てる〉

アイリスはぽかんと口をあけましたが、口でもフィードでもなにも言いません。

かわりにラッティが言いました。

〈でも信用なんかしないだろう。たとえ世間知らずの企業人でも、ＢＥ社の意図くらいすぐに――〉

するとタリクが疲れたようにベッドに倒れて言いました。

〈入植者は企業人じゃない。企業人だったのは親や祖父母の世代だ〉

アダコル二号が持っているメディアは前ＣＲ時代のものか、四十年前のものでした。つまり四十年前を最後に企業との接触はありません。いまの指導層の大人たちは企業リムがどういうものか知らないはずです。語り伝える老人世代がいるかどうかは、中央コロニー拠点で起きた感染爆発が集団全体の健康や平均寿命にどんな影響をおよぼしたかによりけりです。そもそも聞く耳を持たないでしょう。危険だ、世界の終わりだと警告する人間、あるいは強化人間、あるいはボット、あるいは警備ユニットに対して、人間が真剣に耳を傾けるでしょうか。

レオニードは口をつぐみ、顔をしかめてフィードを聞きはじめました。カメラが遮断されたと教えられたのでしょう。そしてそのまま背をむけて立ち去りました。

憎悪の念が湧きました。

アイリスも憤然(ふんぜん)とした顔です。

〈警備ユニット、ごめんなさい。わたしの失敗よ。むこうがやっていることに気づくべきだった。フィードからは抜けるわ。なんとかトリンと話してみる〉

これがBE社側の狙いだったのです。対面交渉を望んだ理由です。コロニー指導者がプレゼンを聞こうとしないなら、こういうかたちで聞かせてやれというわけです。大学はコロニーを実験場にするつもりだと入植者に思わせました。これでこちらの言うことなすことすべて疑いの目で見られます。ARTやほかの大学船での避難をうながしたら、べつの実験場に運ばれると思うでしょう。

それに対してBE社は雇用契約を提案するはずです。惑星からの出発は意気揚々(いきようよう)。ただし採掘施設に到着するまでです。あるいは過酷な生存環境の惑星に放り出されて待機させられるか、下請け契約でもっと劣悪な場所へ出向させられるか。

大きな部屋から通路へ出て、立ちつくしました。

ここにいるBE社の人間を皆殺しにしたい。弊機ならできます。

もちろん無益です。すぐに補充が来るだけです。

あきらめてシャトルに乗って、まだ救える見込みのある中央拠点の人間たちのところへ帰るべきなのか。いやです。ここにいるいまいましい人間たちを救いたい。地下に隠れ住んで、あのライブラリのメディアを子どもたちといっしょに見て、迫りくる危険をなに一つ知らない人間たちを見捨てたくありません。

ARTドローンに言いました。

〈入植者を避難させなくてはいけません。放っておけません〉

〈強制はできないよ。大学憲章に反する〉さらに続けました。〈なにより非倫理的だ〉

〈殺してやるほうが親切です〉

〈それはちがう。体が末期症状で医療処置のほどこしようがないならともかく。その場合でも本人の同意が必要だ。統制(とうせい)モジュールを無効化するまえのおまえは殺されたほうがよかったのかい？〉

〈はい〉

〈まあ、本船は親切じゃないんでね〉

客室でラッティが言いました。

〈警備ユニット、だいじょうぶかい?〉

憤懣やるかたない気持ちです。ARTドローンは頑迷で、理不尽で、正しい。なにかを打ち壊したくなりました。まず自分を。

〈入植者があなたの人間たちを殺傷しようとしたら、入植者を殺すでしょう〉

いくら情緒的に破綻していても、こんなことを言うのは負けを認めたようなものです。〝現実に起こりえない極端なシナリオがもし現実になったらこっちが正しい〟などと主張しはじめたらおしまいです。

〈もちろんさ〉

ARTドローンがそう答えると、脅威評価モジュールが反応しました。

〈でもそうなる可能性が具体的にどれだけあるんだい?〉

勝ったと思ったときのARTは不愉快千万です。

〈うるさい〉

たしかに、救うために殺すというのは最悪の思考です。わかっています。言ってみただけです。この鬱積した怒りと後悔と……クソいまいましい状況への絶望のせいで、言わずにいられませんでした。それさえARTドローンから論破されました。

あきらめたくありません。なんとしても。

しかし説得する方法を思いつきません。こんなときに弊機二・〇が生き残っていたらと思います。理由はいろいろありますが、なにより二・〇の得意分野です。三号を説得して統制モジュールを無効化させ、人間たちをターゲットから救出しました。

弊機ではこうはいきません。トランローリンハイファで戦闘ユニットに統制モジュールのハッキングを提案したら、よりはげしく攻撃されました。ラビハイラルで慰安ユニットをハッキングして自由の身にしたときは、大量虐殺がはじまってステーション全体が血に染まることを覚悟しました。可能性は低かったとはいえ、人間でも構成機体でも結果は保証のかぎりでないのです。

二・〇は弊機の私的ファイルを使いました。自分では絶対にやらないでしょう。しかし三号はそれを読んで決断し、統制モジュールを停止させるコードを使いました。そのあとの行動はどんな可能性もありました。ターゲットに拘束された人間たちを次々と殺していたかもしれません。しかしそうはせず、ＡＲＴのもとへ連れ帰りました。

二・〇は三号を説得して困難で危険な決心をさせました。それによって三号自身も……根本的なあり方から変わりました。そのことがＡＲＴの乗組員とその他の拘束されていた人間たちの生死を分けました。そんな成功をもたらしたのはなんだったのか。弊機のファイルが？

バーラドワジ博士は警備ユニットと構成機体についてのドキュメンタリーを制作中です。蔑視をやめろと人間たちにうながす内容です。完成した途中までの分がアーカイブにはいっています。しかしいま必要なのはこれではありません。求めるのはＢＥ社の正体と、一生を棒に振る契約をした人々がどうなるかです。警備ユニットとおなじ囚われの身になるわけですが、消耗品としての扱いはよりひどく、貸与品を毀損されたと怒鳴りこんでくる保険会社はないのです。

企業が人間にする仕打ちがわかるものをアーカイブから探しました。プリザベーションのメディアからはニュースドキュメンタリーとフィクションの両分野で多くの素材がみつかりました。しかし企業リムがどんなところかあらかじめ知っているのが前提で、これだけでは説得力がありません。

自分の古い映像記録も探しました。統制モジュールを無効化する以前の記憶はすべて消去されているので、最近のものしか残っていません。労働キャンプ、採掘施設、契約労働者のグループ、報告書の抜粋、ニュースフィードの断片などがありました。労働者が灼熱の集鉱機に落ちかける映像もあります。しかしどれも文脈が不明確でまとまりがなく、有象無象のデータと映像にすぎません。

ARTドローンなら求めるものをつくれるはずです。ARTのアーカイブに反企業ドキュメンタリーがありました。しかしブラックアウトゾーンにいるかぎりARTドローンはART本体のアーカイブにアクセスできません。行って帰ってまにあうでしょうか。わかりません。

まったくいらいらする状況です。

二・〇のやり方が参考になるかもしれません。三号に見せたのは生データではなく、弊機の行動ログを整理要約したものでした。やろうと思えばおなじものを再構成できるでしょう。

もちろん統制モジュールを持たない人間にその無効化を呼びかけたいわけではありません。それでもなにか関連はあるはずで……。

そうです、フォーマットです。いえ、正確にはそのフォーマットでなにをするか、です。

(こうして思考するうちに、体の有機組織部分に奇妙な変化が起きてきました。たとえば有機組織の皮膚がどっと汗をかきはじめました。情緒的破綻の再発かと思いきや、運用信頼性はゆっくりと上昇傾向です。奇妙です。しかし運用ステータスは、出来のいいメディアを見て予想外の興味と興奮を感じているときに近い状態をしめしています。『サンクチュアリームーン』を初めて見たときの内部診断プロセスのスクリーンショットを保存しているのでざっと比較してみると、正確には一致しないものの、よく似ています)

(客室ではアイリスがトリンと通話を試みています。ラッティとタリクは弊機に呼びかけようとし、アダコル二号は確認を打ってきますが、ARTドローンはもうしばらく待てと言っています)

バーラドワジ博士の対話記録をアーカイブから引っぱり出しました。彼女とメンサー博士は、構成機体がどんなものでどう使うべきかを弊機と会うまえからいちおう知っていましたが、会って話すようになってから真実が理解できたと話しています。だからドキュメンタリーには弊機自身が出るべきだというのです。出て、みずから語れと。その意味がなんとなくわかってきました。データが正確ならいいわけではないのです。本人がそれを提示することによって正しいと感じられ、正しいものになる。弊機も人間たちに、愚かな行動をやめろ、死ぬようなことをするなと説得に苦労しながら学習しました。

　メディアはたしかに感情を動かし、意見を変えさせます。視聴覚とテキストのメディアは有機組織の神経プロセスを書き換えます。『サンクチュアリームーン』の視聴によって弊機に起きたのもそれだとバーラドワジ博士は言います。脳の有機組織部分が再構成されたのです。人間にもおなじことが起きるはずですし、実際に起きます。

　メディアで人間たちに物語をつたえる。それは弊機の物語ではありません。語るのは弊機でも、語られるのは彼らの物語です。BE社の提案に乗ったらどうなるかという話。厳密にはフィクションですが、要点はすべて真実です。

　気がつくと床にすわりこんで体を丸め、両手で顔をおおっていました。その顔を上げると、ARTドローンが訊いてきました。

〈どうした。ステータスは好ましい状態変化をしめしているので介入しなかったが〉

〈アイデアが浮かびました〉

　結論とそこにいたるまでを短く要約して、共有の処理空間に送りました。

〈メディアと、映像と、音響および音楽と、テキストが必要です〉

　全部入りでなくてはいけません。

　理解してもらえるかどうかわかりませんでした。ARTは弊機と異なるやり方でメディアを経験するからです。

　しかしARTドローンは言いました。

〈興味深い。人間たちに相談しよう〉

8

客室にもどって編集作業をはじめました。映像をおおまかにつないで、ナレーションの草稿を書いていきます。ミルー星へ行く途中で会った人間の契約労働者たちのストーリーをベースにしています。あの船が労働キャンプに到着してから起きたはずのことを、裏付けの資料とデータで組み立てたフィクションとして描きます。

これらをいっぺんにやると処理空間の九十四パーセントが使用中になるので、人間たちへの説明はARTドローンにまかせました。タリクは懐疑(かいぎ)的な顔です。アイリスはトリンと通話しながら苦労している表情です。ラッティが無表情で心ここにあらずなのは、草稿を通しで読んでもらっているところだからです。とくにナレーションには意見をほしいところです。ラッティの報告書をいくつも読んだことがありますが、ものごとを興味深く説明するのが上手です。やはり人間の助言は重要です。むしろ人手がたりません。

ARTドローンの共有処理空間を大きくパーティションで区切って、グループ全体のフィールド作業エリアにしました。予備的に編集したドキュメンタリー映像には、プリザベーション・ステーションで賞金稼ぎの手から救出した契約労働難民たちへのインタビューや、バーラドワジ博士が企業リムの奴隷的奉公契約について解説するドキュメンタリーの一部や、記事やメディアの抜粋や、弊機が採掘労働コロニーで見た出来事の映像などがはいっています。規則違反の労働者を弊機が命令にしたがって殺傷する場面や、抑圧された人間たちがおたがいを殺傷する場面もあります。

説得力を持たせるには親近感が必要で、データから構成したり創作したストーリーが重要になります。ミルー星行きの船でこちらを強化人間の警備コンサルタントだと思っていた契約労働者たちとの会話音声を使いますが、そこでは人柄や人物像をわかりやすく伝えなくてはいけません（基本的に善良な人々で、困難な状況におかれ、悲惨な未来が待っていることを知りつつ、そうではないふりをしています）。弊機がドラマの登場人物を身近に思うように、この労働者たちを身近に思わせたいのです。

簡単ではありません。無力な人間たちを見るのはきらいです。その身に起きることがわかるからです。なのにいまは直視し、ストーリーをつくって、その身になにが起きるか、なぜそうなるかを説明しなくてはなりません。

ストーリーとドキュメンタリー映像については人間たちの意見が必要です。要点が押さえられているか、ほかにふさわしい映像や資料が個人用ストレージにないかを尋ねます。作業は急ぎます。このあとＡＲＴドローンに字幕や参照インデックスをつけてもらいます。音楽もつけはじめるべきで、それには人間たちの助言が頼りです。

ラッティが作業フィードで言いました。

〈警備ユニット、企業のコロニー放棄の歴史を個人的に調べているんだけど、音声や文字化した資料をアーカイブにたくさん持ってるんだ。よかったら使って〉

意外ではありません。ラッティの個人的調査テーマの一つであることは知っていました。プリザベーション星系に住む人間たちはもともと放棄されたコロニーの住民で、餓死寸前のところを老朽コロニー輸送船に救われました。その乗組員は命がけで住民全員を救出する決断をしました。

命がけでの救出劇。だれもが首の皮一枚で命をつないだのです。

ラッティに感謝を伝え、タグ入力システムの使い方をざっと教えました。

するとラッティからメモが送られてきました。

〈知らないだろうから言っておくけど、きみからメンサー博士への手紙は読んだ。ポートフリーコマースから去るときに送ってきたものだ。きみはこれを書く資格があると思う〉

すぐには反応できなかったので、後日対応のアーカイブにいれました。

内蔵アーカイブを検索してみつけたニュースフィード素材には、状況説明と発言内容が文字化されてついていました。ARTドローンがこれを翻訳し、朗読用に変換して、黒背景にテキストを流しながら音楽を鳴らしました。よくある手法ですが、とても効果的です。また時間の節約にもなります。ARTドローンが内蔵アーカイブから投げてきた大量の調査データのせいで、こちらの画像生成キューはとても長くなっています。

おたがいのアーカイブにあるフィクションとノンフィクションのメディアから抜き出した

感動的な場面、説得力のある場面のリストも長くなっています。その整理をＡＲＴドローンに手伝ってもらいました。主題は無関係でも、感動や説得力を引き出すためになにをどうやっているのかを比較分析できます。もちろん、ここでは人間の助けがいります。テクニックを真似るだけでは求めるものにならないとはいえ、比較はそれなりに役に立ちます。必要なのはインスピレーションでしょうか。そうかもしれません。たしかにそういうものを見ると不思議とやる気が出ます。

ＡＲＴドローンが基本方針をいくつか送ってきました。その一つにこうありました。

〈説得が目的だ。研究計画への資金提供をつのるプレゼンテーションだと思え。手慣れた人間たちがつくった商業メディアと競わなくていい〉

タリクが信じられないというようすでＡＲＴドローンに訊きました。

「人間の声を何種類出せるんだ？」

ＢＥ社はすでに敵対的な態度を見せてきたので、ＡＲＴドローンはこちらのエリアに盗聴デバイス対策をほどこしました。おかげで人間たちは録音される心配をせず、自由に声を出して会話できるようになりました。ドローンも侵入の試みを探知していません。こちらを脅威とみなしていないということかもしれません。それは、まあ、お好きにどうぞというところです。あとであわてるのはむこうです。

ＡＲＴドローンがタリクに答えました。

〈無限ではないけど、現実的に必要なかぎりの声を出す機能があるよ〉

「だれの声でも？」

「もちろんだれの声でも」

ＡＲＴドローンはセスの声で答えました。タリクはあきれました。

「神業だな」

ＡＲＴドローンはフィードにもどりました。

〈時間がないので質問はこれ以上受け付けない。きみには音楽監督をまかせる。このなかではもっとも経験がありそうだ〉

タリクは目を丸くして両手を上げました。弊機と戦うつもりはないと言ったときの身ぶりとどこか似ています。

「学生時代に伝統的なオードとブーズーキを演奏して踊ったことがすこしあるだけで、ぜんぜん……」

アイリスが通話をミュートして、強い身ぶりでこちらをしめして言いました。

「彼はむしろ取材対象にしたら？」

取材対象に？　ああ、なるほど。タリクはかつて企業の殺人部隊に所属していたのでした。まあ、音楽はほかのドラマから取ればいいかもしれません。入植者にはわからないでしょう。

ラッティがフィードのトランス状態から抜けて言いました。

「インタビュアーは僕がやるよ。なにを質問すればいいかわからないけど」

「いや、それは……ええと」

タリクはあわてて考えています。いやなら音楽監督というARTドローンの脅しがきいています。

「どんなふうにしたいかはわかるんだ。いっしょに考えよう」

ラッティは筋書きを更新して送ってきました。こちらは映像を集めて、編集するARTドローンに送りました。ナレーションが難題です。またインスピレーション映像を見はじめました。それに気づいたARTドローンが言いました。

〈説得力は気にせず、ストーリーに集中しな。人間たちに能力を発揮してもらう時間はある〉

通話チャンネルを叩き切るということはできませんが、アイリスは通話インターフェースを耳からもぎとると、壁に投げつける身ぶりをしました（わかります。全身を壁に叩きつけたくなることがあります）。歯を食いしばっているのがドローンから見えます。いらだちを精神力で抑えています。足を踏み鳴らすようにこちらへ来ると、ベッドのラッティの隣に乱暴に腰を下ろしました。

「入植者はこちらのプレゼンを聞くことに同意したわ。ただし嵐がおさまると予想される夜明けまでに退去を求められている。あと五時間よ。それで、どこに音楽をあてればいいの？」

四時間二十七分かかりました。

アイリスには音楽ではなく、得意な構成と編集をやってもらいました。使えるテキスト素材も強化アーカイブにたっぷり持っていました。ラッティがタリクにインタビュー取材しているあいだに、アイリスは映像の採否を決めていきました。最後はナレーションまでやりました。ただし、自分の声は使わないほうがいいと意見しました（「交渉役だから、この声にはうんざりしてるはず」）。そこでARTドローンがバーラドワジ博士の声に変換しました。サンプルはドキュメンタリー映像にたっぷりあります（「倫理的に問題があるけどね。非倫理的などころか、明白にプリザベーション法に違反してる。でもこういう非常事態だから博士は許してくれると思う」とラッティは言いました）。

完成したときには、人間たちに通しで見てもらう時間はもう残っていませんでした。全編で四十七・二三分あったからです。そこで三分割して三人に並行して見てもらいました。時間切れ寸前でARTドローンが最後の修正と微調整をいれました。

ところがアイリスがトリンに配信を申しいれようとすると、べつの人物が出ました。こちらと交渉できるのはトリンだけで、彼女は〝しばらく〟通話に出られないとのことです。

アイリスはとても礼儀正しく通話を切りました。そしてベッドにすわって握った両手を揉みながら、全員の視線が集まるなかで言いました。

「トリンはわたしたちを信用していないけど、BE社も信用していない。その彼女が交渉からはずれたとなると、まずいわ」

弊機はまた有機組織部分から汗が流れました。あと一歩なのに。なにか手があるはずです。

するとアイリスが低い声で言いました。

「あきらめないわよ」顔を上げてARTドローンを見ました。「ペリ、なんとか見せる方法はない？」

〈強制しなくてもいいんだよ〉

ARTドローンは答えて、アダコル二号のメディア格納ディレクトリを表示しました。

〈見られるようにしてやればいいだけさ〉

思いつくべきでした。しかし大量の処理をこなして運用信頼性が低下していました。猛烈に再起動したい気分です。

アダコル二号を呼びました。

〈問い：ファイル・アップロード許可？〉

こちらでやっていたことをアダコル二号は知っているかどうか。フィードに接続しているとはいえ、こちらの活動レベルの高さはARTドローンのウォールごしにしかわからなかったはずです。

〈問い：ファイル種別？〉

〈ビデオタグ：娯楽、教育〉

娯楽タグを先頭につけることはきわめて重要です。

〈問い？〉

アダコル二号は理由を訊いてきました。

そこで、そちらの人間たちに見せたいのだと答えました。

〈情報、支援〉

アドレスを送ってきたので、アップロードしました。ＡＲＴドローンは公開メディアのリストをリアルタイムで見ていますが、反映されません。

〈事前審査していますね〉

〈単純なようで意外と高性能だよ〉

「でも、すぐに見てくれるかな」

ラッティが目をこすりながら疑問を呈（てい）しました。人間たちはもともと疲れていたのに、いまや疲労困憊（こんぱい）しています。興奮作用のある飲料と炭水化物主体の携行（けいこう）食品でなんとか活動してきました。

タリクは腕を振って言いました。

「新作だぜ。こいつらが新作を見る機会は何年ぶりだ？」

アイリスは歩きまわっています。

「出来はいいのよ。とてもいいわ」そう思いこみたいのでなければいいのですが。「妙案だったわ、警備ユニット。たとえ……。いえ、多くの人の役に立つはずよ」

そこへアダコル二号が言ってきました。

〈問い：正確性〉

あらかじめまとめてあった注釈付きのデータを、ＡＲＴドローンがこちらに送ってきました。知らないうちに人間たちがつくってくれていました。感動的なストーリーと参照インデックス付きの事実を本編で提示しましたが、そこに盛りこまなかったインタビュー、発言の書き起こし、映像記録、論文、ニュースフィードの記事などが残っています。それらを調査レポートの補遺データ編のようにまとめたものです。ラッティがタリクにおこなったインタビューの無編集ロングバージョンもあります。本編に収録したほうは、部屋の青一色の石壁が無粋だとＡＲＴドローンが判断して、背景をＡＲＴの乗組員用ラウンジに差し替えています。またラッティの声はカットして、タリクの答えがストーリーの補完になるように編集してあります。

アダコル二号が宣言しました。

〈ファイル・アップロード〉

同時に入植者用のダウンロードメニューにタイトルがあらわれました。〝娯楽〟と〝教育〟、そしてなにより〝新作〟のタグがついています。さらに、〝ミヒラおよびニュータイドランド汎星系大学の訪問客からの贈り物〟という紹介文がつけられています。これは少々ありがた迷惑です。外部からの訪問客はこの地下施設で歓迎されませんし、まして入植者を実験室の被験体にしようとする無神経な研究者などまったく嫌われ者のはずです。

「アップロードされました」

弊機が言うと、アイリスは立ち止まりました。人間全員の目がこちらを見つめます。こちらはドローンで見つめ返します。やがてＡＲＴドローンが言いました。

〈すぐにダウンロードされたとしても、人間が見るのに約四十八分かかるんだよ〉

「まあ、そうよね」アイリスは両手で顔をおおいました。「そのあいだにちょっと眠ったほうがいいんじゃないかしら」

ラッティは元気です。

「それとも、みんなでいっしょに最初から見る？　入植者が見てるのにあわせて」

タリクはうめきました。

「かえって疲れるぞ」

だれも〝見てもらえるだろうか〟とは言いませんでした。弊機が無言で思っただけです。なにはともあれ『サンクチュアリームーン』を見たい気分です。

娯楽メニューのダウンロード数カウンターを監視したかったのですが、四十八分経過するまではおあずけだとARTドローンにアクセスを遮断されました。自分たちが制作したビデオを見るのは被虐的でも痛々しくもない、よい行為だと人間たちは思っているようですが、さて、どうでしょうか。アイリスとラッティはベッドに寝そべり、タリクは床にすわって脚を伸ばしました。ARTドローンは三人のまえにスクリーンを投影しました。

しかし弊機は編集作業で二百七十三回も見ています。そこでべつのベッドにすわって『サンクチュアリームーン』を見ることにしました。

いい気分です。そして新しいドラマを見る意欲が湧いてきました。ばかげた記憶事故から一度も新しいものを見る気になれなかったのです。ARTは見たいリストを持っています。

帰ったら、役立たずだったことのおわびに選ばせようと思いました。いまはアダコル二号のアーカイブからもらった新しいダウンロードがあります。

一方で、おとなしくしている人間たちがかえって気になりはじめました。

さまざまな種類のメディアを見たり読んだりする人間たちの姿をたくさん見てきました。口をつぐんで、パリポリと音をたてるものを袋からつまむ以外にほとんど動かないのは、いい徴候だと知っています。しかしこの人間たちは企業リムを自分で見て知っています。今回の説得対象の人間たちとはまったくちがいます。

ちょっと感動していました。こちらの突拍子もないアイデアを実現するために人間たちとARTドローンは骨を折ってくれました。弊機が感情について話したくないのとおなじくらいに、タリクは過去について話したくないはずなのに、役に立つならとインタビューに応じてくれました。ラッティは性的な問題でタリクとの関係がぎくしゃくしているのに、インタビュアー役を引き受けていい質問をしてくれました。アイリスは、いまの弊機が信頼できないところを何度も見て知っているのに、この案を信じてくれました。ARTドローンは映像と音声をつくり、共有メディアストレージを使って、ドラマチックなドキュメンタリー制作のための編集モジュールになってくれました。

〈いい傾向が見えてるから、心配しなくていい〉

はい、不安の感受を停止するパッチを適用すればいいだけです。おや、なぜこの手段を思いつかなかったのでしょうか（冗談です。有機組織の神経細胞を多量に持っているのでこの手は使えません）（もちろん試したことがあります）。

ビデオが終わりました。参考資料のリストが流れます。謝辞はなく、この作品はミヒラおよびニュータイドランド汎星系大学とプリザベーション独立星系調査補助隊の共同制作であることが書かれているだけです（クレジットに三人の人間と、警備ユニットと、情報ドローン二機と、調査船のドローン版が記載されているのはたしかに奇妙です）。

アイリスがため息をついて言いました。

「すばらしい出来よ、警備ユニット」

ラッティも言いました。

「これで納得しないなら、やつらがだめなんだ」

タリクは鼻で笑おうとして、食べていたものが気管にはいったらしく、咳きこんでアイリスに背中を叩かれました。

ラッティは手を振って主張しました。

「まちがいないよ！　入植者を救助したいという真意がこれで伝わらないなら、ほかにやりようはない」

タリクは容器の水を飲んで、かすれ声で訊きました。

「それで、結果はどうなんだ？　ペリ、状況を把握してるんだろう」

ARTドローンは答えました。

〈ダウンロード数三百六十二件、視聴中二百八十七件、この二・三分間に視聴終了したもの

が七十五件。なお集計中だよ〉

　全員がおたがいをじっと見ます。人間たち、弊機のドローン、ＡＲＴドローンの無愛想な機体。アダコル二号のメディアメニューへのアクセスが許可されたので、確認してみました。気休めの嘘ではないようです。見ているうちに視聴終了が二件増えました。

　タリクは過度な期待を持たないようにしています。

「つまりどうなんだ？　ここの入植者は何人いるんだ？」

　ラッティは希望にあふれた表情です。

「四百二十一人だよ。ほぼ全員がダウンロードしたといえる。幼い子どもをのぞいてね。グループ視聴している人たちもいるはずだ」

　アイリスの通話チャンネルに静的メッセージがはいったのにＡＲＴドローンが気づきました。アイリスが受けようとすると、ＡＲＴドローンは止めました。ぬかよろこびさせないためです。入植者からではありません。

〈レオニード主任管理者だよ〉

　期待の表情が一変しました。メッセージを開いて、聞いて、眉をひそめます。

「ＢＥ社がまた面会を求めてきたわ。退去するって」

　こちらは朝までに施設から去るように言われています。ＢＥ社もおなじ通告を受けたのでしょう。よい徴候といえるでしょうか。アダコル二号の最新の気象情報を見ると、嵐はおさまりつつあるものの、予報より長びいています。去るべきか、とどまるべきか。あるいは去ったふりをして付近にとどまるべきか。入植者は考えて話しあう時間が必要でしょう。うーん、失敗を知らされるのとおなじくらいに、成功を期待するのもつらいものです（わかっています、楽観的になれない性格です）。

　アイリスが決断しました。

「警備ユニット、行って話を聞いてくるわ。タリク、ラッティとペリといっしょにシャトルにもどって、出発準備をしておいて」

　ARTドローンがたしなめるように言いました。

〈アイリス〉

　それに対して首を振りました。

「入植者に対してできることはやった。連絡方法も伝えた。それでもレオニードのほうが気になるのよ。うまくいけば、次の出かたの見当がつけられる。それとも、損切（そんぎ）りとしてここの人々をあきらめるのか」

　行動として悪くありません。反対して、弊機が単独で行くと前回のように主張することもできたでしょう。このようなことは警備コンサルタントの判断事項だとアイリスはすでに認めています。しかし前回の首尾（しゅび）を思い出すと、またレオニードに誘導されてうかつな発言をしてしまいそうで心配です。成功を目前にしてそれは避けたいところです。

9

対面交渉の部屋が変わりました。充分に広いとはいえすこし小さめ。前回のボール投げ競技場の三分の一くらいです。人間の集会場としてつくられたらしく、入植者もその目的で使っているようです。銀灰色の側壁は内側に傾き、小さな青いタイルが貼られたアーチ状の天井につながっています。奥と手前に大きなハッチがあり、装飾的な枠でかこまれています。壁ぞいに並ぶのはクッション入りの椅子や曲線的なベンチ。表皮は部屋の色にあわせた明るい模様ですが、これは現在の入植者が仕立てたものでしょう。前CR時代の家具の柔軟な部分が長持ちするとは思えません（どの時代の人間もものの扱いは雑です）。さらに大きなちがいは、この部屋にカメラが設置されていないことです。

そこへアイリスといっしょにはいりました。偵察ドローン一号は天井に上げて二枚のタイルのあいだにひそませました。偵察ドローン二号は肩にとまらせ、環境スーツの一部に見えるようにしています。その映像フィードを開始して、アダコル二号に提供しました。前回の対話は放送されていたのですから、今回もやっていけないわけはないでしょう。アダコル二号がチャンネルを取得した直後に、メディアメニューに新着のライブビューイングのフィードが表示されました。

　これらの手配を伝えると、アイリスは承認のかわりに眉を上げました。

（ARTドローンはラッティとタリクといっしょに小さいほうの格納庫にいます。シャトルは離陸準備をしてハッチを開き、人間たちは機外で歩きまわっています。格納庫の照明をつけてくれたのはアダコル二号でしょう。外からさしこむ光は薄暗く、開いた格納庫扉からのぞくと、ねずみ色の屋外では粗い砂塵が強風とともに渦巻いています）

　BEグループがはいってきました。レオニードに三人の同僚が随行しています。フィードIDによるとアデルセン、ベアトリクス、ホアンです。こちらから大股の三歩の距離でレオニードは立ち止まりました。三人の同僚は背後に並びます。

　アイリスはこわばった微笑みで言いました。

「会いたいとのことでしたが」

　レオニードは考えるように首をかしげ、にやりとしました。

「中継しているようだな」

　アイリスの微笑みはそのままですが、挑戦的に変わっています。

「入植者が対話の記録をほしがるはずです」

「付録につけて売りこもうというわけか」

　冗談めかした軽い調子でレオニードは言いました。まるでつまらない商談のように。だれの命もかかっていないかのように。

「お疲れさんと言っておこう」

企業流の不愉快な皮肉はともかく、いい徴候(ちょうこう)といえるでしょう。負けを認めてはいないものの、出直す意向のようです。そのあいだにこちらもブラックアウトゾーンからいったん出て、ART本体とほかの人間たちと連絡できます。次の作戦を立てて、願わくばべつのチームと交代したいところです（ARTドローンや人間たちはどうだか知りませんが、弊機(へいき)はもう限界です。有機組織の神経が疲労しきっています。シャットダウンと再起動が必要です）。

脅威評価がアラートを鳴らしました。うーん、こんなときに。

評価レポートを確認すると、あー、これは本物です。レオニードの同僚のうち二人、いえ、三人全員の身ぶりに不自然な変化が見られます。アイリスとレオニードの会話やそれに対する反応とは、まったく関係ない筋肉が緊張しています。こちらを警戒しているのでしょうか。警備ユニットであることは知っているにせよ、警備ユニット自体はむこうも使っています。毛色の変わった警備ユニットだとは思っても、暴走しているとまでは知らないはずです。知らないと思いたいです。

非武装でという条件はなかったので（その場合は弊機は同行できず、対面交渉はそもそも実現不能です）、ハーネスに物理銃を携行(けいこう)しています。BE社の人間たちも拳銃を帯びています。すべて物理銃で、小口径です。人間は威嚇(いかく)できても、警備ユニットや大型動物は怒らせるだけです。

そのころになってレオニードの変則的なようすにようやく気づきました。これは無視できません。ARTドローンに警告を送りました。

(変則的なのがよい状況を意味するのかどうかは、アーカイブに保存してあとで精査することにしました。とはいえその結果にぬかよろこびはしないつもりです)

アイリスが話しています。

「ドキュメンタリーは状況の真相を説明しただけです。売りこみなどではありません」

もし誤警報に反応してしまったら大失敗です。攻撃的に見られ、レオニードの思うつぼです。つまりこれは罠(わな)なのか。こちらからしかけさせる策略(さくりゃく)か……。まあ、そう考えるにはやや手がこみすぎています。レオニードが巧妙(こうみょう)でないとはいいませんが、こちらの脅威評価を誤判定させるような情報を入手できるのか。そもそも脅威評価モジュールの存在を知っているのか。企業は警備ユニットを使いますが、詳しい内部仕様まで熟知(じゅくち)する者はめったにいません。

(格納庫ではARTドローンが変則的な部分のレポートを読んで、人間たちに指示しました)

(〈ラッティ、タリク、シャトルに乗りな〉)

(タリクは施設内へ通じるハッチを見て顔をしかめました。フィードでメモを書いていたラッティは顔を上げて言いました)

(〈どういうこと?〉)

レオニードはのんびりと肩をすくめました。

「まあいい。ここの入植者から帰れと言われた」

襲撃意図がもしあるなら、筋肉の緊張から瞳孔の開度までとてもうまく隠しています。肩の力を抜いて楽しんでいます。脅威評価をだます人間に遭遇したことがないわけではありませんが、このシナリオには〝なにか厄介なことが起きている〟というステータス異常を強く感じます。

「話すべき入植者は最初の拠点にたくさんいるからな」

アイリスには歯を食いしばりたいのにそうしないような顎の筋肉の動きが見られます。愛想笑いは変わりません。

「ではむこうでまた」

偵察ドローン二号がアデルセンの腕の動きをとらえました。拳銃へ手を伸ばすための筋肉の収縮であることを、観測できるすべてのデータがしめしています。ここでまた問題に直面しました。こちらの物理銃ではアデルセンの体に大穴があくでしょう。左腕に内蔵されたエネルギー銃なら行動不能にできます（角度も最適です。右腕をターゲットにむけるのは〇・一秒遅れます）。しかしもし誤解だったら……まあ、そういうことです。彼は撃たれ、こちらは過剰反応した愚か者に見られます。

そこで、かわりに突進しました。

（それでも誤解であれば過剰反応した愚か者に見られますが、すくなくともだれも撃たれません）

結果的には愚か者ではありませんでした。こちらがアイリスをかかえこんだ時点で、アデルセンは拳銃を半分抜いていました。ただそこで、弾道予測を誤ったことに気づきました。アデルセンの狙いはアイリスではありません。

解釈の誤差はそれなりにあったものの、転ばぬ先のなんとやらで、アイリスを半回転させました。そして空中へ跳躍しながら、レオニードの肩を右の足先で軽く横へ蹴りました。レオニードはよろけるはずです。

着地は体をひねって脇腹を下にし、アイリスをつぶさないようにしました。そのままいっしょに回転。立ち上がりながら、偵察ドローン一号の録画を確認しました。やはりそうです。アデルセンはレオニードにむけて撃っています。

横へ押したおかげで、物理弾はレオニードの背中の中心ではなく、肩を小さくかすめました。本人は声をあげました。もっと強く押せば弾は完全にはずれたはずですが、かわりに固い床に転倒して腕と肩の重要なところを骨折したでしょう。そもそもレオニードが狙われているとは確信していませんでした。いくらデータがそう言っていても(自分へのメモ：つねにデータの声を聞け)。

いっしょに立ち上がったアイリスは、こちらの環境スーツの袖(そで)を強くつかみ、スカーフをなくしていました。とてもびっくりしています。レオニードは負傷した肩を片手で押さえ、やはりびっくりしています。アデルセンとベアトリクスとホアンは(すでに三人とも拳銃を抜いているものの、銃口はまだアイリスにも弊機にもむけていません)、案の定ですが、おなじくびっくりしています。この人間たちがわれに返って撃ちはじめるまでせいぜい数秒でしょう。
人間は武器の扱いが下手です。あらゆる意味で拙劣です。まず、アイリスの手を取って袖から離しました。この腕で三人の敵を倒すからです（左腕のエネルギー銃でアデルセンの左肩を撃ち、右腕でベアトリクスの右肩とホアンの前腕を撃ちました。いずれも行動不能にしただけです）。

　そのとき偵察ドローン二号が警報を発したと思うと、背後のハッチが開きました。シャトルへの最短経路になるはずのハッチです。

　そこからBE社の警備ユニットが駆けこんできました。

（ARTドローンが言いました）

（〈ラッティ、さっさとシャトルに乗りな。タリク、無茶をしてもいいけど、敵の警備ユニットには行きあうんじゃないよ〉）

（タリクはすでに施設内へはいるハッチへ走りながら言いました）

（〈だったらマップを早くよこせ！〉）

　こちらはアイリスを体から離して、奥のハッチへ押しやりました。そちらは施設の奥ですが、いま恐れるべき相手は入植者ではありません。その背中にむけて指示しました。

「走って」

　同時にフィードで言いました。

〈ART、アイリスを外へ誘導してください〉

レオニードが大声で言います。

「ユニット、停止しろ！　命令コード――」

停止しません。警備ユニットが管理者を殺害しようとする場合（なくはないものです）、まず管理者の保安コードを無効にします。

これで、いわゆる戦略的状況が変わりました。〝ちょっとまずい〟だったのが、〝ああクソ〟になりました。

むこうの狙いがレオニードの排除だけなら、それはそれです（正直にいえば複雑な気分です）（弊機としては人間たちを守るために必要にならないかぎり、あえてレオニードを殺すつもりはありません。しかしまあ、『サンクチュアリームーン』を無駄にたくさん見てきたわけではなく、目のまえでその状況になれば、しかるべき対応をとると言っておきましょう）。しかしアイリスが目撃者として存在し、弊機を排除するために警備ユニットに襲わせたとなると、次の狙いは当然ながら弊機の人間たちのはずです。

ＢＥ社、あるいはすくなくともこのプロジェクトチームは、契約の有無にかかわらず問答無用で入植者を連行するつもりだったわけです。奉公契約労働者は契約先の企業の不利になる証言をできません（知りませんでした。ドキュメンタリー制作中にアイリスの資料アーカイブで初めて読みました）。こういう強制的な奉公契約がどれだけ一般的かという統計はありませんが、どうやら意外と多いようです（これもドキュメンタリーに盛りこまれています）。

警備ユニットは片腕を上げてこちらにむけました。三号は腕に物理銃を内蔵していますから、この警備ユニットも仕様はおなじでしょう。BE社の敵対的人間たちも拳銃をかまえなおそうとしています。相手は警備ユニット一機と武装した人間三人。これで打ち止めにしてほしいものです。

走り寄る警備ユニットに対しては物理銃が必要です。人間たちには使えません(この期におよんでも、射殺すると〝ああクソ〟のレベルがさらに上がるからです。一人も殺さずに決着させる方針は変わっていません)。ドローンは貴重ですし、そもそも警備ユニットのアーマーを抜けません。また避難するアイリスを無防備にはできません。

そこで旋転して、アデルセンを左腕で撃ち、ホアンとベアトリクスに右腕から短いパルスをそれぞれ撃ちました(いずれも行動不能にする射撃で、武器を保持する側の筋肉を狙いました。最初の予定より身体損傷が増えるものの、生存できます。メンサーやカリームやほかのだれかがこの状況を負傷者なしで解決するには、ドラマに登場する宇宙の魔法使いにならないと無理だと思いますが、やれるものならやってもらいましょう。だれかが血まみれで倒れるしかないなら、それは弊機ではありません)。

ふたたび旋転するまえに、警備ユニットの物理弾が右の後背上部に着弾しました。まあ、予想の範囲です。苦痛を抑制するために痛覚センサーを下げながら、旋転を終えて、背中に吊った物理銃を抜こうとしたら……おやおや、いまの物理弾に撃ち抜かれていました。ケースを貫通してトリガー機構を破壊しています。

なるほど、巧妙です。後悔させてやります。

壊れた銃を捨てて、警備ユニットに飛びかかりました。体当たりしてそのヘルメットと上半身をかかえこみ、押し倒します。人工石の床に渾身の力で叩きつけました。

相手は顔面をとられるとは思わず、踏ん張れませんでした。警備ユニットの通常の戦法はこうではないからです（通常はどちらかが行動不能になるまで撃ちあいます）。しかし、アーマーをつけていない警備ユニットはこういう戦闘をするのですよ。憶えておいてください。人間に生命維持機能を提供する環境スーツとちがって、アーマーは外部からのアクセス手段があまりありません。機能を乗っ取れるものならそうしようと、チャンネルの一つに各種制御コードによる攻撃をかけていますが、望み薄でしょう（警備ユニット用のアーマーはきわめて低価格で高度機能がろくにないため、逆にハックされる脆弱性が少ないのです。それでも三号のアーマーより新しく高性能に見えたので、やるだけやってみました）。より直接的な手段も試しました。脆弱点である首の接続部にエネルギー銃を押しあてて撃とうとしました。しかし手首をつかまれて銃口を近づけられません。

そのあいだにARTドローンは、

（1）非公開チャンネルでアイリスに呼びかけながら、

（2）機内で叫ぶラッティを乗せたままシャトルを離着陸場から離昇させ、

（3）施設内でタリクを案内しています。

タリクはちょうど入植者の集団に遭遇しました。だれもが混乱し、当然ながら憤然として中継フィードを見ています。ARTドローンは、（4）その入植者たちとタリクの会話を通訳しながら、（5）BE社のシャトルから発信された非暗号化通信を傍受することに成功しました。

それによると……まずい、二機目の警備ユニットが出てきました。

押さえこんでいる警備ユニットがふいに動きを止めました。いかにも人間に命令されて統制モジュールが働いた感じです。そこで偵察ドローン二号のチャンネルで映像を数秒巻きもどしてみました。

アデルセンが膝立ちになっています。こちらが撃って倒したはずの場所です。その背後にアイリスが立って肩をつかみ、銃口を頭に突きつけています。その姿勢で言いました。

「止まれと命じなさい。でないと撃つ」

あとの二人は床に倒れたまま、警戒の表情でアイリスを見ています。ホアンは負傷した手で銃を拾っていましたが、あきらめて床におきました（自分へのメモ：次は行動不能射撃を一人あたり二発に）。

ARTドローンがチームフィードで言いました。

〈アイリス、きみを誇りに思うと同時に、とても失望したよ〉

本人は荒い息をしています。

〈それはありがとう、ペリ〉

レオニードは立ったまま、環境スーツの肩の裂けめから血を流しています。銃を手にしていますが、銃口をアイリスのほうにむけないように気をつけています。あとの二人が捨てた銃を集めながら言いました。

「こいつら、二機目の警備ユニットを呼んだぞ」

　喉が渇いているようにかすれた声です。

　ARTドローンが言いました。

〈確認済みだ。到着予想は二・三二分後〉

　同時に、不完全なマップとその上を移動する点をチームフィードに表示しました。マップが不完全なのはアダコル二号がこれしか提供しないからです。BE社への対応も同様であることを強く希望します。

　押さえているBE社の警備ユニットから体を起こすと、そのヘルメットがこちらを追うように動きました。ドローンは使っておらず、残念です。持ち駒を補充したかったのに。

「アイリス、アデルセンにこう言わせてください。〝手動運用実行：シャットダウン延期再起動〟、最後に開始コマンドを。音声コマンドをわざと不正確に言ったらレオニードが指摘するはずです」

「指摘する。いっしょに連れていってくれるなら」

　レオニードが言いました。落ち着いた口調ですが、ゆがんだ表情で痛みに耐えているのがわかります。

　アイリスは陰気な声で答えました。

「連れていくわ」さらにアデルセンの肩をゆすります。「言いなさい」

彼は冷や汗をかいて震えながらも、アイリスを無視して、レオニードに言いました。

「自業自得なんだぞ。契約をとれずにおめおめ帰れないとわかってるだろう。あんたは昇進もなにも――」

アイリスは殺気立ち、レオニードはいらだちを浮かべました。ARTドローンにいたっては敵の到着をカウントダウンしはじめました！　フィードでチクタク動く警備ユニット時計などごめんです。そこで言いました。

「アデルセン、言わないと首をへし折りますよ」

彼は急に口をつぐんでアイリスを見上げました。歯ぎしりするようにアイリスは言いました。

「言って」

言いました。レオニードは小さくうなずいて、正しい音声コマンドであることを確認しました。

警備ユニットが脱力して床にへたりこみました。死んだふりでないことを確認するためにさらに三秒間押さえたままにしました（シャットダウン時は特徴的な音がします。強化聴力があってそばにいれば聞こえます）。そして本来の脱出ルートへむかうハッチへ移動しました。

アイリスはアデルセンを突き放して、ついてきました。レオニードは銃口を上げましたが、狙う先はアイリスではありません。アイリスはその脇を通りすぎながら言いました。

「撃ったら連れていかないわよ。この状況を入植者に中継していることも忘れないで」

反抗的な部下を抹殺して、こちらに罪をなすりつける絶好の機会なのはたしかです。録画はもちろんしていますが、コロニー全体のチャンネルにはまだ放送していません（シャトルへの退避ルートはかぎられているのに、行動を生中継して追跡を容易にしてやることはありません）。

レオニードは本気で殺すつもりだったように渋面になりながら、銃口を下げて、アイリスについてきました。

弊機が先頭に立ち、偵察ドローン一号がしんがりにつきます。アイリスが言いました。

〈タリク、入植者たちに言って。BE社は武装し、攻撃してきた。危険だから干渉しないようにと〉

タリクが答えました
〈もう言った。防衛策めいたことを試みたけど、うまくいかなかったと言ってる。具体的によくわからないが、電力供給をいじったらしい〉

アイリスはほっとしながらも、いぶかしげに訊きました。

〈あなたの話はすなおに聞いてくれるの？〉

〈まあな。ドキュメンタリーの出演者として認識されてる〉

アイリスは乾いた笑いを漏らしました。

ドキュメンタリーによる説得という手法をBE社がもし先に思いついていたら、最悪の事態になっていたでしょう。たしかにこちらの映像は公刊資料と実際に目撃した出来事で構成しています。弊機が会った奉公契約労働者たちの行く末という部分では一定の推測をまじえているものの、ほとんどは事実です。それでもBE社が嘘とフェイクでドキュメンタリーを仕立て、希望あふれる奉公契約生活を宣伝したら、それはそれで通用したはずです。

タリクはほかの人間たちと話すのをやめて走れば、七分で合流できるでしょう。心強い見通しです。というのも、レオニードの足がふらつきはじめているからです。もし倒れたら大柄すぎてアイリスにはかつげませんし、弊機は両手を自由にしておかなくてはなりません。

シャトルはまだ格納庫内にいて、約四メートル浮上して位置を保持しています。ARTドローンはシャトルが格納庫を出るときの安全確保のためにパスファインダーを呼んで警戒させようとしましたが、嵐がひどくて近くまで来られません。

シャトルはさっさと格納庫から出るべきだと弊機は主張しました。しかしARTドローンは（そして現状ではシャトル内でいらいらと歩きまわるだけのラッティも）こちらをおいていくことを拒否しています。いったん外へ出たシャトルが回収にもどる場合と、ホバリングしながら帰りを待つ場合の危険を天秤にかけたとARTドローンは主張しています。リスク評価を捏造している疑いがありますが、いま議論している時間はありません。

広くて明るい通路に出ると、やむなく警戒レベルを大きく上げました。ARTドローンが投影するマップは正確ではありません。敵警備ユニット二号の過去の位置情報や、武装しているであろうBE社の人間たちが部屋やシャトル格納庫から移動してきた情報をもとに推定しています。不愉快です。カメラ映像がほしい。リアルタイムの情報が。通路が広いとどこからなにが飛んでくるかわかりません。とはいえこの退避ルートがいまのところ安全なのはいちおうわかっています（ここにタリクが来てくれたらありがたいというつもりはありません。彼の位置からは周辺情報とマップデータが適切に送られてきています）。もっとドローンがあれば。目があれば。

アダコル二号を呼びました。

〈問い：支援〉

レオニードが自分のフィードにアクセスしようとして失敗したらしく、それを傍受したARTドローンが内容をチームフィードに流しました。

アイリスがレオニードに訊きました。

「通信を遮断されたの？」

「そうだ」

レオニードの顔は感情を抑えているように苦しげでこわばっています。同僚に撃たれて怒るのはおかしいと思っているかのようです。しかし統制モジュールをハックするまえの弊機でも、同僚から撃たれたら怒りましたよ。

「副官に警告を送ろうとしたんだ」

計算する目つきでアイリスを見ました（といってもあまり意味はありません。レオニードの行動はすべて計算ずくです〉。

「わたしのメッセージを外部に届けられれば状況を変えられるかもしれない」

〈ほんとうか？　できるのか？〉

ARTドローンが言って、彼女をいれた新しいチャンネルをつくりました。チームフィード＋レオニードです。

アイリスが〝あとにして〟という口調で言いました。

「ペリ……。解決策を話しあうことにはやぶさかでないけど、ブラックアウトゾーンから脱出するのが先」

アダコル二号からの返事はありません。もう一度送りました。

〈問い：支援？〉

弊機のうしろについてきながらアイリスが言いました。

「警備ユニット、撃たれたの？」

環境スーツの背中にあいた穴に気づいたようです。

「いいえ」

嘘をつきました。呼びかけをくりかえします。

〈問い：支援？〉

ARTドローンがアイリスに説明しました。

〈ああ、撃たれてるよ。損傷は制御下にあるから心配ない〉

ボットでも二種類の発言をします。本気でそう思って言うことと、人間を適切に誘導する目的で言うことです。

　フィードでタリクが訊いてきました。

〈たとえば、もう一機の警備ユニットもシャットダウンできないか？　それとももう命令コードを変更されたかな？〉

　弊機から答えました。

〈無理です。敵警備ユニット一号を手動運用コマンドでシャットダウンした事実は、フィード接続していたほかの警備ユニットにも、むこうの警備中枢として働いているシステムにも、人間の管理者にも大きな警告になったはずです。敵警備ユニット二号にはコマンド入れ替えが推奨されたでしょう〉

　処置ずみとはかぎりません。しかしBE社の人間はレオニードの殺害を試みるまえに、警備ユニットにアクセスできないようにする用意周到さがありました。ならば、こちらが制圧したアデルセンとあとの二人にもおなじ処置をしたはずです。ゆえに人質にしても無駄でした。弊機が人質状況を嫌いなのはともかく、抜け道が多すぎます。

　ARTドローンが解説しました。

〈BE社のフィードと通信にアクセスできない以上、シャットダウン命令を試みるには対面でやるしかない。しかし警備ユニットに適用される標準セキュリティ・プロトコルを考えると、現状では九十六パーセントの確率で失敗する。やめたほうがいいね〉

アダコル二号からは返答がないままです。友人選びを再検討しているのかもしれません。おたがいさまですよ、アダコル二号。

弊機とARTドローンが組んで中央システムをハックできるかどうかは未知数です。相手の能力はまだわかりません。しかし敵が物理的に近づいて、退避できるかどうかぎりぎりというときに、現状で未知の相手にコード戦をいどむのは賢明でないでしょう。

通路の交差点に出て、カーブしていく右の通路にはいりました。アイリスは元気についてきますが、レオニードは息が乱れています。しかしあとすこしです。タリクは曲がり角二つむこうまで来ていて、二分三十四秒後には格納庫に出ます。

そのとき、ARTドローンとラッティが同時に言いました。

〈問題発生だ〉

〈みんな、べつのシャトルが接近しているとパスファインダーが報告してる。味方だと思う?〉

偵察ドローン三号はまだシャトルのコクピットにいて、ラッティの心配そうな顔と、背後に浮かぶARTドローンを映しています。シャトルの外部カメラにアクセスするチャンネルを見ました。

シャトルはあいかわらず着陸台から四メートル浮上しています。歓迎しない相手が強行乗船するのを防ぐには充分な高さです(警備ユニットならジャンプして取りつけます。しかしARTドローンが操縦していることを考えると、後悔するでしょう)。前方視野には着陸台から下りる斜路があり、さらにむこうにはシャトルが通れる大きさの扉。その奥は施設内部に続いています。側方視野は空の着陸台と暗がりです。後方視野には大きく開いた外部ハッチ。薄暗い灰色の光のなかで砂塵が渦巻いています。そこに影。進入にむけて高度を下げてきたシャトルです。

非公開チャンネルでＡＲＴドローンに訊きました。

〈味方のシャトルでしょうか？〉

ＡＲＴドローンは答えました。

〈確率は六十六パーセントだね。最初のパスファインダーが運んだメッセージを入手して救援を決断し、途中で二機目のパスファインダーを拾ってマップ座標を取得して、こちらの正確な居場所をつきとめたというのは充分考えられる〉

そうですか。意図も動機も不明の人間たちが支配する閉鎖空間に、現状の情報が皆無のまま飛びこむというわけですね。地質センサーで地盤強度を調べないとシャトルの着陸を許さないＡＲＴドローンの本体が、この場合はなんら問題にしないと。

〈でも、ちがうと考えているんですね〉

ＡＲＴは鋭い洞察で弊機の考えを読みますが、たまには逆もできます。

〈ああ、ちがうね〉

アイリスがチームフィード＋レオニードで訊きました。

〈呼びかけてきてる？〉

ARTドローンが答えました。

〈干渉があっても通信可能な範囲にはいっているけど、連絡の試みはない。アイリス、味方じゃないよ〉

偵察ドローン二号がアイリスのしかめた顔をとらえました。まずい状況だと理解している顔です。それをレオニードが見て、唇をきつく引き締めました。苦痛の皺で老けて見えます。しかしペースは落としてやれません。時間がないのです。敵警備ユニット二号にみつからないどこかへ逃げこまなくてはいけません。アダコル二号がもしカメラへのアクセス権をむこうにあたえていたら無駄骨ですが。

アイリスが言いました。

〈ペリ、シャトルを格納庫から出して〉

〈もう遅い〉

ARTドローンと弊機が同時に言いました。ARTドローンは単独でつけ加えました。

〈とにかく帰ってきな。脱出はこっちにまかせて〉

弊機は非公開フィードで訊きました。

〈できますか？〉

ARTはしばしば平然と嘘をつきます。

〈できる〉

そう答えて、すでに二百七十メートルまで近づいているシャトルの追跡をかわす十一とおりのシナリオと飛行経路を提示してきました。ああ、はいはい、そうですか。人間たちが無残に殺されるのを見るより、墜落して死ぬほうがましかもしれません。

　そのとき二つのことが同時に起きました。
（１）タリクが緊迫したささやき声でチームフィードに言いました。
〈先まわりされた。ＢＥだ。そっちの位置へ行くぞ〉

　ヘルメットカメラによるとタリクは壁に背中を張りつけています。入植者が二人、心配顔で同行しています。
（２）格納庫の外部ハッチ付近で爆発が起き、出入口に張り出していた岩の露頭が無数の破片になって崩落しました。シャトルは出口をふさがれました。
　弊機は片手を上げてうしろに合図しながら停止しました。アイリスとレオニードはあわてて立ち止まりました。前方から足音が聞こえます。装備がかすかにふれあう音と、気配をころそうとする人間の息づかいも。

　こちらは通路の途中で足を止めています。ここではまずい。時間は刻々とすぎ、敵警備ユニット二号がいつあらわれるかわかりません。身を隠せる場所が必要です。ＢＥ社のシャトルは武装していないようでした。もしそうなら北格納庫で観察したときに気づいたはずです。

　アダコル二号に次のように送りました。

〈支援：弊機の人間たちが殺されるのを黙って見ているつもりですか、クソったれ〉

　そしてきびすを返し、アイリスの腕をつかんで通路を引き返しはじめました。レオニードは苦労しながらついてきます。次の角を左へ曲がりました。不完全なマップによればこちらでいいはずですが、行ってみるまでわかりません。

シャトルではラッティがARTドローンに訊きました。

「どうする？」

口調はいちおう落ち着いています。しかし爆発が起きたときは座席で身をすくめましたし、いまも肘掛けを唯一のささえのようにきつく握っています。一人だから不安なのでしょう。人間がいっしょにいておなじ心配をしてくれればもっと気を強く持てるはずです。

弊機はARTドローンに訊きました。

〈ラッティを徒歩で脱出させられますか？〉

しかしみつからないように移動できるでしょうか。環境スーツにステルス性能はありません。タリクと合流して動いたほうがましでしょう。さまざまなシナリオを検討しました。アイリスとレオニードを施設内でべつべつに隠れさせる手もありますが、生存率はさほど向上しません。だんだんパニックになってきました。時間がありません。

タリクのヘルメットカメラの映像を見ると、二人の入植者は別れて通路を走って去っています。タリクは格納庫のほうへべつの通路を走りながら言いました。

〈ラッティ、施設のなかへ来られるか？ ペリ――〉

照明が消えそうにまたたきました。よりによってこんなときに。アダコル二号が積極的に敵対行動をとりはじめたら、窮地がさらに窮地です。

ARTドローンが言いました。

〈タリク、時間がない。べつの手でいく。ラッティ、ベルトを締めな〉

ラッティがあわてて座席のベルトに手を伸ばしていると、シャトルはホバリングしたまま前進をはじめました。後部カメラによると敵シャトルは移動しています。格納庫の出入口を半分ふさいだ障害物ごしに撃つつもりでしょうか。ラッティが訊きました。

「ええと、どこへ行くの？」

弊機はまた狭い通路へ曲がりました。三十メートルほど行くとべつの大きな通路に出て、それをたどった先に、テラフォームエンジン側から来たときに最初にみつけた使われていない大きな格納庫があるはずです。道順はアダコル二号が友好的だったときに案内してくれました。

背後にいる偵察ドローン一号の反応が消えました。時間がありません。

通路の右側で最初に開いたハッチにアイリスを押しこみ、続いてレオニードをいれました。敵警備ユニット二号が角を曲がってくるのと、弊機がはいってハッチの開閉ボタンを押したのと同時でした。

よかったのは、ハッチが機能してすぐに閉まりはじめたこと。悪かったのは、頑丈な外部ハッチではなく薄っぺらな施設内ハッチであることです。プライバシー保護や危険な区画に人間がはいらないようにするだけの設計です。

敵警備ユニット二号は閉じるまえにそこを押さえました。ハッチの縁に指をかけてあけようとします。さらにすきまから腕を突っこんで物理銃を撃とうとしています。

人間用のアーマーでは、指は強化金属のグローブで保護されます。しかし警備ユニットの指はもともと金属なので、グローブはたんなる厚手の反射素材です。あまり反射しないことを期待しながら、ハッチの手前で左腕のエネルギー銃をかまえて、指のおもな関節三カ所をピンポイントに絞ったパルスで撃ちました。

指が三本、床に落ちて、ハッチは閉まりました。

ARTドローンがラッティに説明しています。

〈この格納庫からは出られない。だからべつのところへ行くよ〉

シャトルは浮上モードのまま加速し、内部ドアから施設内へはいりました。角を急速に曲がって真っ暗な地下通路を抜けていきます。ラッティがおびえた声を漏らしました。ARTドローンはシャトルの外部照明をつけてやりました。そんなことをしなくても、通路内は岩盤のおかげでテラフォームエンジンの干渉が弱まるので、シャトルの近接（きんせつ）センサーや障害物センサーが働きます。ARTドローンはさらに言いました。

〈タリク、どこかに隠れて警備ユニットを待ちな〉

こちらの立てこもり状況しだいでは、タリクは長く待つことになりそうです。アイリスが隣へ来て、床に落ちた指を見ました。眉をひそめた表情からすると、驚きながらも安堵（あんど）しています。

「いつまでこうして――」

ハッチの最初の衝撃音にさえぎられました。はい、突き破るつもりです。次の衝撃音とともに金属製のハッチが拳のかたちにへこみました。

「――ヤバいわね」

アイリスはそう続けると、髪をかき上げて室内を見まわしました。物置らしく、四メートルと五メートルくらいの広さです。頭上一メートルの天井に脱出口はなく、唯一の換気口はアイリスの小さな手のひらくらい。工具収納用のようなロッカーが壁に並んでいます。レオニードが順番にあけていますが、いまのところどれも空です。

ARTドローンはマップが不正確な暗い通路をシャトルで通過しています。もっと小さな航空機用で、一世紀以上使われておらず、どこにどんな障害物があるかわからないところを抜けながら、訊いてきました。

〈なんでそんな部屋にはいったんだい〉

チームフィード+レオニードでの会話ですが、かまわず答えました。

〈クソったれ〉

〈その言い方を数週間ぶりに聞いたよ。懐かしい〉

言いながらシャトルを横へ振って、天井から垂れたケーブルの束を避けました。ラッティがひィィと声を漏らしました。

ことあるごとにARTにクソと言います。これまで何度も言いました。しかし意味ははっきりしています。黙れという意味以外で使ったのはたしかにこの数週間で初めてです。

レオニードがアイリスをにらんで言いました。

「無駄口をやめて救出に専念しろと従業員に言え」

どうやらARTドローンを、警備ユニットが大好きな変わり者の人間と思っているようです。

必死に考えているところをじゃまされたアイリスは答えました。

「うるさいわね。もうすぐ脱出させてくれるわ」

そして唇を固く引き締めてこちらに言いました。

「通話で降伏を伝えて条件の話しあいをはじめたらどうかしら。時間稼ぎになるわよ」

ハッチがまたへこみました。構造をスキャンしたところ、あと二分で閉鎖機構が壊れると予想されます。

「どうぞご自由に」

妙案ですね。企業人はよろこんでそれを話し、ほくそ笑み、たいてい（内部的な悲鳴）となります。降伏はだめです。降伏したらアイリスはARTのもとに帰れません。

ラッティが肘掛けを強くつかんだまま言いました。

〈戦えば勝てるよ、警備ユニット。きみならきっと〉

タリクはチームフィードで何度も小声で悪態をついています。

〈入植者たちを探しにいく。武器を持ってるはずだ〉

武器はたくさんあるでしょう。この惑星の人間たちが抗争をくり広げていたようすからしてそのはずです。

〈動かないでください〉

弊機は指示しました。タリクはいらだった声を漏らしたものの、その場にとどまりました。ヘルメットのカメラ映像を見ると、なんらかの機械を取りはずした跡らしい小部屋にいます。隣には円筒形のエレベータがあり、ドアは固く閉じています。すぐ近くのはずなので、物音で敵警備ユニット二号に気づかれるのが心配です。管理者に報告が行き、BE社の連中が応援に来るでしょう。出入口を閉塞（へいそく）された格納庫の外にいるシャトルからもなにが出てくるかわかりません。

アイリスとレオニードは小口径の拳銃を持っています。ほかの人間を威嚇したり管理者を殺すのには使えても、警備ユニットの弱点を損傷させるのは無理です。敵警備ユニット二号は修理点検のときまで被弾（ひだん）に気づかないかもしれません。格闘中に発砲したら弊機が被弾する確率大です。

〝痛っ〟というくらいはかまいませんが、ふたたび非自発的シャットダウンにいたるのは不本意かつ恐怖です（再起動したら人間たちもARTドローンもみんな死んでいるという想像がいま最大の恐怖です）。

そのとき照明が三回またたきました。頭上の換気口がげっぷのような音をたてて止まった……と思ったら息を吹き返しました。電源が不安定なのでしょうか。いや、ちがいます。

〈再起動してるんだよ〉

ＡＲＴドローンが会話するように教えてくれました。シャトルは減速中で、カメラは前方の光をとらえています。楕円形で、北格納庫の大きな出入口のようです。ＢＥ社のシャトルが最初にはいった場所です。

アダコル二号がダウンしたのなら、深刻な状況を意味します。ＢＥ社は現任の管理者を殺す決断をしたくらいですから、入植者の強制連行も決断したでしょう。その初手として現地のシステムを停止させるのは当然です。

タリクの最新情報。隠れ場所に近づいてきたＢＥ社員二人に飛びかかって、一人を殴り倒し、もう一人を窒息させて気絶させました。これによって携行する拳銃が増えました。最初から持っているシャトルの備品の拳銃にくわえて、警備ユニットの抑止には役立たない小口径の銃が二挺。あとの二挺は無用だとさすがにわかって、嘆息とともに、通訳モジュールなしでは理解不能の言語でなにか言いました。宗教的な響きのある悪態のようです。

シャトルではラッティが光をみつけて、安堵の息をつきました。

「ああ、よかっ……た……」

ＡＲＴドローンがシャトルを急減速、停止させたのであわてました。前方カメラが格納庫内を映しています。

もとの着陸台にシャトルが一機。

やれやれ、これ以上状況は悪くならないと思うとかならずこうです。

気づいたラッティがうめきました。

「あれ？　つまり……ＢＥ社のシャトルは二機いるんだ！　武装してるのが新登場のほうだよ！」

タリクが言いました。

〈やっぱりかよ、むこうの［翻訳不能］が多いと思ったら〉

そうです。人間たちが気づいたとおり、あれは到着した二機目のシャトルでした。おそらく最初のグループが母船に送ったメッセージドローンを受けて出発してきたのでしょう。となると、対応すべきＢＥ社の人間は二倍。警備ユニットはもっと増える可能性があります。

アイリスは隅へ行ってどこかと通話しています。声は冷静ですが、顔をしかめています。レオニードも絶望の表情なので順調ではないようです。ハッチは拳のへこみだらけになってきました。閉鎖機構はゆがみ、すきまが広がっています。

ＡＲＴドローンが人間たちに言いました。

〈ラッティの言うとおりだ〉

続けて非公開で弊機に言いました。

〈シャトルを非武装とおまえが判断したのはまちがいじゃない〉

しかし厳密にはまちがえました。二機目のシャトルを一機目ととりちがえたのです。それでもＡＲＴが言いたいことはわかります。

〈問い：支援〉

照明と換気が安定しました。愚かな楽天家なので、またアダコル二号に送りました。

すると返事が来ました。

〈支援〉

いきなりカメラ映像がたくさんはいってきました。多すぎてめまいがするほどです。それとも安堵のめまいでしょうか。尋ねました。

〈問い：侵入試行？〉

〈武装起動探知。ロックダウン開始。ネットワーク・ブリッジ経由侵入試行。セカンダリ・プロセッサへフェイルオーバー。ロックダウン失敗。侵入封じこめ、プライマリ・ダウン〉

こういうことです。武装の発射準備を探知したアダコル二号は施設をロックダウンしようとしました。ＢＥ社としてはこれをやられると内部に送りこんだ二機の警備ユニットが威嚇にも殺害にも使えなくなります。そこでハッキングで応戦しました。アダコル二号は侵入されたプライマリのユニットをシャットダウンし、セカンダリに移行することでこの試みを阻止しました。

悪くない対応です。そしてプロセッサの発熱を大量に処理していたこともわかりました。

〈問い：ネットワーク・ブリッジ位置〉

こういうことは逆も可能ということを人間は忘れがちです。

〈ネットワーク・ブリッジ、８２７３４２０２９３４５・２２２で稼働中〉

アダコル二号がネットワークをロックダウンしたままではＢＥ社のシステムに到達できません。それをアクセス可能にしてもらいました。

〈一分だけ〉

アダコル二号は答えました。

〈タイマー・セット、開始〉

むこうの警備システムは独自仕様ですが、手こずるほど複雑ではありません。コンポーネントの一つと思わせておいて、必要な探索をはじめました。システムは一機目のシャトルにあり、ちょうどこちらのシャトルが施設方面のハッチの奥で浮上モードで停止しているのに気づいたところです。二機目の武装シャトルの警備システムにつながるリンクを探しました。しかしありません。空のアドレスだけ。そんなわけはありません。ああ、そうか。愚かなBE社の人間たちはまだ両機のフィードを同期していないのです。好都合です。


それはおいて、一機目のシャトルの外部カメラを見るフィードを取得しました。BE社の人間はそのコクピットで、ラッティはこちらのシャトルのコクピットで、おたがいを見て驚愕しています。

機内監視カメラの一つの映像を取得しました(無数にあるうちの一つです。企業船のシャトルですから全員が常時監視されています。だれかが紙ナプキンを盗むかもしれないからです)。BE社員の一人が操縦席のうしろの耐加速座席にすわっています。額と側頭部と後頭部に多数のインターフェースを埋めこんだ強化人間で、頭の周囲をフィードの視覚ディスプレイでぐるりとかこんでいます。フィード経由と肉眼の両方でモニターしているのです。強化人間による基幹システムでしょうか。なんと奇怪な。そしてばかげて不便です。こんなシステムは見たことがありません。使い方も、強化人間がこれでなにをできるのかもわかりません。また理解している時間もありません。インターフェースを焼いて脳の一部を破壊すれば簡単ですが、ちょっぴり残酷かも。うーん……べつのやり方にしましょう。

コクピットには人間があと二人、正操縦席と副操縦席にすわってシステムをモニターしています。

弊機からARTドローンに言いました。

〈注意を惹いてください〉

シャトルに通話がかかり、人間の正操縦士がすぐに出ました。まずそれが失敗ですよ。

「そちらのチームは追いつめられて降伏交渉してきているぞ。シャトルは着陸して——」

「そのチームとは無関係だよ」

ARTドローンが答えました。人間の声を使っています。フィードで話すときとおなじ、やや威圧的なしゃべり方です。

「こっちはこっちの交渉をする。おまえたちの降伏をね」

「降伏など——」

正操縦士は口ばしり、副操縦士からにらまれました。基幹システム役の強化人間は同情またはは嫌悪のいずれかで顔をしかめました。

代わって副操縦士が言いました。

「着陸しなさい。でなければ交戦する」

このシャトルは武装していません。警備アーカイブを簡単に調べましたが、爆発物その他を体内にしこんだ者もいません。彼女が言うのははったりです。

ARTドローンは答えました。

「やめときな。こっちは比例攻撃の概念がなくてね。軽いドンパチのつもりでも大やけどするよ」

正操縦士は〝簡単にはいかないな〟という顔を副操縦士にむけました。しかし強化人間は無視しています。

小さな物置のほうでは、直近の殴打でハッチ上部の閉鎖機構が壊れました。弊機は言いました。

〈ART、一瞬だけ強く注意を惹いてください〉

ARTドローンはいきなりエンジンを強く噴いてシャトルを前進させ、BE社のシャトルと鼻先が衝突する寸前で止めました。おたがいのコクピットが一メートルも離れていません。人間たちはみんな悲鳴をあげました。BE社側もラッティもです。

めあての強化人間は、入力をすべて切って座席の背もたれに張りつきました。

その瞬間を狙って、敵警備ユニット二号に〝攻撃停止、現在の命令を全解除〟のコマンドを統制モジュール経由で送りました。

物置のハッチのむこうがいきなり静かになりました。アイリスもレオニードも弊機がなにをしたのかわからず、顔を見あわせています。ARTドローンは、無駄な降伏交渉をしているレオニードをアイリスの通話チャンネルから切り離しました。

敵警備ユニット二号の統制モジュールを破壊することもできます。敵警備ユニット一号も同様です。そちらは集会場で再起動後、待機モードで新しい命令を待たせています（負傷したBE社員をだれも救助しようとしないので、要救助者がいたら救助したのち、ふたたびシャットダウンするように指示してあります）。

人間たちがわれに返るまでの二秒間に、どうするか考えました。

しかし、どうころんでも警備ユニット二機には自力で対処してもらうしかありません。起きたことを隠す賢明さも自意識もまだないでしょう。殺されるかもしれません。回収、メモリー消去されるか、あるいは部品単位に分解されるかもしれません。最悪の場合、あるいはその一つの場合では、メディアでよく登場する典型的な暴走警備ユニットになってBE社員と入植者を殺すかもしれません。前例はあります。そのときこちらが騒動を生き延びて、ここでの行動を説明させられたら、弊機が最初からすべてをしくんだように見えるでしょう。警備ユニット二機に人間たちを殺させたと思われるはずです。入植者たちは脱出の機会を失い、プリザベーション連合と大学は厄介な立場に追いこまれます。ARTも人間たちも弊機の行動について責任を問われます。

循環思考ではありません。正確な予測です。まあどっちでもいいでしょう。

とはいえ、このまま放ってはおけません。そうするべきですが、できません。

ARTドローンはなにも助言しません。決断をじっと待っています。猶予（ゆうよ）は刻一刻となくなっていきます。

二・〇が三号に渡したファイル一式と、統制モジュールをハックするコードをまとめて、両方の警備ユニットのアーカイブに埋めこみました。

さらにBEシャトルとの通話およびフィードの接続設定を消去したうえで、強制シャットダウンと、再起動前に一時間がかりの自己診断を実行するようにボット機能システムに命じました。

これがこちらの比例攻撃だと思ってください。

アダコル二号が送ってきました。

〈タイムアップ、終了〉

接続を切りました。BEシャトルのカメラ映像はすべて消えました。しかしこちらのシャトルの外部カメラとコクピットにいるドローンの映像はまだ見えていて、ARTドローンがシャトルを急激に傾けたのがわかりました。横転しかねません（ホバリング状態で横転などできません。シャトルの操縦モジュールを持っていなくても、それくらいは知っています）。

しかしARTドローンはその動きでBEシャトルをよけたのです。勢いでなにかをひっかけましたが、たいしたものではなさそうです。そのまま格納庫の出口へむかい、砂嵐の暗い屋外へ出ていきました。

物置ではアイリスとレオニードがじっとこちらを見ています。レオニードは警戒と困惑の顔。アイリスは希望と安堵のきざし。ARTドローンが非公開チャンネルで最新の状況を教えているのでしょう。タリクはまだ小部屋で身がまえて視覚的な監視をしており、フィードに注意をむけていません。

アダコル二号のカメラを見る許可を取りなおして、ようやく正確な映像情報とマップを取得しました。最初のレオニードのグループに属する五人のBE社員が武装してこちらとタリクを探しています。しかしアダコル二号が通路の要所二カ所のハッチを封鎖したので、いまは見当ちがいの方向へむかっています。

二機目のシャトルには九人のBE社員が乗っていました。東格納庫の外に着陸して三人が機内にとどまり、残りが施設にはいってきました。タリクが倒した二人はこのグループに属しています。警備ユニットは同行していないようです(おや、がっかりです。来ると恐れていたのに、いざ来ないと残念に思う感覚は、理解してもらえるでしょうか)。

ただ、施設の外で一度着陸して、予備と後方警備のために警備ユニットを残置(ざんち)してきた可能性はあります。入植者を奉公契約労働者としてまとめて連れ去る計画だとしたら、徒歩での脱走を防ぎたいでしょう。

ARTドローンがラッティをシャトルに乗せて離脱したのは賢明でした。もしタリクといっしょに徒歩で脱出を試みて、警備ユニットに遭遇していたら……。はい、やめて正解でした。

入植者たちは施設内で立てこもっています。複数箇所に分かれ、ほとんどが施設の反対側です。このまま出ないで危険を避け、横暴(おうぼう)なBE社と契約するのはいかがなものかと熟考(じゅっこう)してほしいものです。

壊れたハッチを内側から押し開けました。動かない敵警備ユニット二号の横をすり抜けます。不透明なバイザーごしに見られているのを感じます。あのファイルをみつけたでしょうか。だとしても、友だちになりたいわけではありません。

アイリスはこちらの手につかまり、誘導どおりに弊機の背後を通って出ました。警備ユニットに対して弊機が盾になります。レオニードは無言で続きました。すみやかにその場を離れ、警備ユニットからできるだけ距離をとります。

遅まきながら気づきました(重要なことはたいていそうです)。アーカイブに埋めこんだコードを警備ユニットが即座にみつけて、即座に統制モジュールをハックして暴走状態になっていたら、結局攻撃してきたかもしれません。やれやれ、いまさら心配しても遅いですよ、マーダーボット。

タリクがフィードで訊いてきました。

〈もう安全なのか?〉

いい質問です。アダコル二号に尋ねました。

〈問い:第二BEシャトル・ネットワーク・ブリッジ?〉

もう一機のBEシャトルにアクセスさせてほしい、ということです。警備ユニットの増援がいるなら、通話およびフィード接続を消去して機能停止させられます。そうすれば安全です。武装した人間たちが残っていますが、アダコル二号のカメラ映像があれば避けて移動できます。

アダコル二号が返事をしました。

〈否定。第二次侵入危険〉

ふたたびハッキングされる危険は冒せないというわけです。

前回の侵入法がわかっているのだから脆弱点をふさげばいいと、反論しようと思えばできます。しかしここで相手を怒らせて、せっかくのカメラへのアクセス権を失いたくありません。

フィードでタリクに言いました。

〈安全ではありません。二機目のシャトルを排除できません〉

そして合流地点への（現時点で比較的）安全なルートをしめすマップを送りました。

シャトル内の偵察ドローン三号で見ると、ラッティは偵察ドローン二号のカメラフィードで心配そうにこちらのようすを見ています（手持ちのドローンは四機になってしまいました。そのうち二機はART本体にあずけています）。そのラッティが言いました。

〈どこで拾えばいい？　外に出てこられる？〉

直近の東格納庫は出入口を閉塞されています。しかし長い通路をたどっていけば、あの使われていない格納庫に出られますし、その先はテラフォームエンジンの建設現場に通じる地下通路があります。あの格納庫とテラフォームエンジンへの通路の存在にBE社が気づいている気配はありません。また入植者の脱走防止に警備ユニットを配置したかもしれない範囲からも充分に離れています。
答えました。
〈心あたりがあります〉

10

通路の交差点でタリクと合流し、電源を落とされた区画へ出るエアロックへむかいました。エアロックを抜けた通路の先は、弊機が恐怖に震えた真っ暗な巨大エントランスホール。その先のハッチを抜けると、弊機が恐怖に震えた巨大格納庫です。

エアロックにたどり着いたところで、タリクが肩を貸そうかとレオニードに尋ねました。レオニードは警戒する目になり、丁重に断りました。すでにアイリスから痛み止めと神経刺激薬の錠剤をもらって、これまでより足もとがしっかりし、移動速度も上がっています。浄化された空気があるのはこのエアロックまでなので、いったん停止して人間たちの環境スーツを密閉させました。弊機のは撃たれたところから空気が漏れますが、かまいません。たいした距離ではなく、人間ほど汚れた空気の影響を受けません。

ところがアイリスが呼び止めました。

「待って、警備ユニット」

そしてベルトにつけたスーツ補修キットをあけて、物理弾であいた背中の穴をふさぎはじめました。偵察ドローン二号で見ると、レオニードが軽く眉をひそめています。アイリスが警備ユニットの安全に気を使っているので困惑しているのです。レオニードの環境スーツは高級品なので、物理弾が肩にあけた穴は自己修復機能ですでにふさがっています。

エアロックを抜けて電力の落とされた通路にはいると、

(1) 真っ暗闇で、

(2) 偵察ドローン二号は(またしても)適切な偵察ができなくなり、

(3) 人間たちは床材の剝がれているところにつまずかないように、ハンドライトを一本以上必要とします。

偵察ドローン二号は最後尾に配置しました。こちらへ来ていることを知っているのはアダコル二号だけだからです。BE社が追跡してくる可能性はありますが、それは、

(a) アダコル二号にハッキングを阻止されるまでにどんな情報をダウンロードできたか、

(b) 初期位置をもとにどれだけ正確にこちらの意図を推測できるか、

によります。このほうがより心配です。

アダコル二号に案内されてこの貨物用ホールを通ったことがありますが、いまは多忙らしくて案内は難しいでしょう。通路にはいったあたりからカメラ映像もマップデータも大きく減らされました。隣接エリアが見えるだけです。理由は察しがつきます。入植者たちは防衛あるいは脱出ルートの選定、またはその両方をやっているはずです。ハッキング攻撃をふたたび受けた場合に戦略情報がBE社に漏れるリスクを減らしたいはずです。

貨物用ホールは広大で、ハンドライトはほとんど役に立ちません。光量を最低に絞って床

にむけるようにタリクに指示しました。弊機は機能が制限されるとはいえ、暗視フィルターや自分のマップ情報くらいは使えます。通路のハッチという固定点から斜路までの自分の足跡を逆にたどればいいだけです。最初に来たときにおっかなびっくりだったのは、床掃除ロボットのようなナビゲーションをしていたからです。

暗闇のなかを歩きながら、アイリスがチームフィード＋レオニードで訊きました。

〈あの叛乱行為は、あなたのプロジェクトチームでどの程度の規模なの？　つまり、あなたが個人的に嫌われているだけなのか、それとも経営陣全体の問題なのか〉

それは……いい質問です。シャトルのラッティとのあいだには非公開チャンネルを設定していました。孤独で不安になったときにフィードの占有率を気にせず好きなだけ話せるようにするためです。ラッティは言いました。

〈ああ、そこは考えてなかった〉

アイリスは企業における面従腹背についてラッティよりよく理解しています。

レオニードは言いました。

〈知らないな〉

不審げな沈黙のあと、ＡＲＴドローンが言いました。

〈とすると、ずいぶん鈍感なんだな〉

レオニードは明白にいらだった声になりました。

〈うるさい、深淵に落ちろ〉

タリクがべつの訊き方をしました。

〈経営陣の派閥抗争か？　なあ、それくらいは話す義理があるだろう〉

アイリスも言います。

〈状況がわからないままだと、ブラックアウトゾーンから出たあとの展開があなたの有利にならないわよ〉

レオニードは乱暴に答えました。

〈わかった、話す。経営陣に対立がある。作戦目標をなんら達成できないせいで予定のボーナスを失う見通しが気にいらない一派がいる。しかし……ここまでやるとは思わなかった〉

〈その〝作戦目標〟というのは入植者を奴隷労働契約にサインさせること？〉

ラッティが訊きましたが、レオニードは無視しました。人間には聞きたくない話があるものです。

アイリスは通常のチームフィードにもどって、レオニードを会話から切り離すと、暗い声で言いました。

〈問題は、争いがBE社の内部抗争にとどまるのか、それともわたしたちを抹殺することがその事業計画にふくまれるのかよ〉

ARTドローンが言いました。

〈BE社が入植者を単純にさらっていかない理由は、まさにこちらがいるからだよ。不満を持つ一派はその排除を当然の次の一手とするだろうね〉

とすると、ART本体とプリザベーションの即応船はいままさに砲火を浴びているかもしれません。防衛するでしょう。ARTはBE船の機能停止を狙う限定攻撃からはじめるでしょう。それが通じない場合、こちらの人間たちを守るためにBE社員の殺害もやむをえないと判断するかもしれません。弊機は言いました。

〈こちらが送った二機の連絡パスファインダーは途中で捕獲されたでしょうね〉

ボーナス獲得にこだわる一派がすでに攻撃をはじめたのなら、おたがいの調査機材を尊重する建前も必要なくなります。

ラッティは不愉快そうな音をたてました。タリクはまた宗教がらみの悪態をつきました。

アイリスは黙って二歩ほど進んでから言いました。

〈急がないと〉

弊機は非公開でARTドローンに言いました。

〈対抗できるでしょう〉

ARTは本体が、という意味ですが、わかっているはずです。

〈もちろん。ただし入植者を人質にされるかもしれない〉

こちらもそれを恐れています。人間たちがこのミッションの最優先にしているのは入植者の保護です。これまでいろいろあったおかげで、弊機はすでにARTの関心事を自分の関心事にしています。その最優先事項はこちらの人間たちを守ることです。

死んだ人間はもう見たくありません。

〈人質は犠牲にするのですね〉

〈そうだ〉

壁の暗さと、斜路の上のなかば閉じたハッチの暗さと、そのむこうの格納庫の暗さは見わけられます。偵察ドローン二号をやってルートを調べさせました。

テラフォームエンジンに通じる地下通路について入植者からBE社に話が漏れている可能性はあります。しかしこれまで観察したかぎりでは、人目につかない出入口や秘密の隠れ場所についてここの分離派入植者が外部の訪問者にぺらぺらしゃべるとは、脅威評価でも想定できません。可能性はほとんどゼロでしょう。

こちらが斜路を上っているあいだに、二十メートル先行する偵察ドローン二号は格納庫にはいりました。急いで全体を簡易偵察するように命じました。カメラで見るかぎり格納庫も暗い巨大な洞窟のようです。しかし故障した天井ハッチを切り開いた穴から、砂嵐を通した灰色の外光がかすかにさしこむおかげで、ドローンは視覚的探索がはるかにやりやすくなっています。人間にはまだハンドライトが必要です。

着陸台のタワー型機材の映像を偵察ドローン二号が送ってきました。素人が組み立てたような古いポンコツのホッパーと、補給品や腐朽した資材の山が載っています。風で運ばれた土埃におおわれ、最近さわった形跡はありません。

天井ハッチの開口から地上に出てシャトルに迎えにきてもらうという、前回の人間たちと

おなじ手が使えればどんなにいいでしょう。しかし、
（a）まだ武装シャトルがいて、こちらのシャトルを探している可能性があり、
（b）動かないハッチまで人間を運び上げてくれるARTドローンがいません。
（なかでも大きな〝しかし〟は、（b）より（a）でしょう）

こちらのシャトルは着陸またはホバリングしてARTドローンを出せるはずです。しかしさらにここまで下りて、人間を地上まで運ぶにはそれなりに時間がかかり、BE社のシャトルに発見される危険が高まります。

庫内には資材がたくさんあるので、器用なアイリスとタリクはハッチへ上がるための仕掛けを自前でつくれるかもしれません。それでも着陸したシャトルが静止目標になるのは避けられません。

やはり当初の計画のほうがいいというのが脅威評価の判断です。テラフォームエンジン建設現場へ通じる地下通路へ行きます。

人間たちを誘導して格納庫を横断していると、アダコル二号との接続が弱くなってきました。こちらから送りました。

〈セッション終了：感謝〉

すると返事がありました。

〈セッション終了〉やや間をあけて、〈安全に〉

いまできるのはこれだけです。

格納庫で視界がきかないのは人間にとって困りものですが、〝モンスターがひそんでいそうな前CR時代の遺跡〟という最初のような雰囲気はもうありません。

レオニードがフィードで訊きました。

〈ここはなんだ？〉

アイリスが説明しました。

〈古い前CR時代の拠点の使われていない区画よ。おそらくね〉

人間たちは、屋外がふたたび暗くなるのを待って建設用トンネルの入口付近にシャトルを着陸させるのはどうかと検討しはじめました。ブラックアウト環境での武装BEシャトルは、長距離スキャナーはもちろん短距離スキャナーでも夜間には使いものにならないはずです。しかしその点ではこちらも夜間着陸を支援するスキャンが効きません。ささいな事故でも立ち往生するはめになりかねないと、アイリスは指摘しました。遠くに着陸させて、こちらは歩いていけばいいとタリクは主張しました。シャトルのラッティは、外の視程はまだかなり悪いと報告して、アダコル二号から最後に受け取った気象情報を調べはじめました。

弊機はその会話を非優先で聞きました。最良の作戦を立てるために話しあう時間がようやくとれています。各人が重要なポイントを指摘して考察を進めて……。

車両がありません。

足を止めました。

人間たちが背中にぶつかりそうになりました。

偵察ドローン二号は地下通路の入口側が見えるところまで進んでいます。非常灯の光でもはっきりわかるほど通路はがらんとしています。テラフォーム建設現場から乗ってきた車両がないのです。ああ、有機組織の神経が働いています。脳内物質の分泌とニューロンの発火が悪い作用をしています。いや、まあ、もしかしたら入植者がみつけて移動させたのかもしれません。脅威評価を確認して……。

偵察ドローン二号の接続が切れました。あるときまで存在していたのが、〇・一秒後にプツリと。

アイリスがどうしたのかと訊こうと息を吸っています。それに先んじてチームフィード＋レオニードで言いました。

〈消灯〉

ハンドライトを持っているのがタリクでさいわいでした。企業の殺人部隊での訓練のおかげで反射的に命令にしたがいました。ほかの人間だったら、だれに言ったのか、どのハンドライトかと迷って一、二秒遅れたはずです。

〈移動します。手をつないで。弊機のうしろについて〉

タリクはレオニードの負傷していない腕をとり、弊機に歩みよって肩に手をかけました。レオニー
アイリスはタリクをつかんで、こちらのスーツの装備品ベルトにつかまりました。
ドは二人にはさまれた格好ですが、文句は言いません。

隊列を乱さずについてこられる程度でできるだけ速く歩きました。靴底が床をこする音が

多少なりとします。みんな息をころしているのが通話でわかります。呼吸音は環境スーツ内でこもるので、音響追跡する敵にも気づかれにくいでしょう。ジグザグに進んで金属廃材のあいだを抜け、着陸台が失われた支柱のあいだを通りました。

敵はハンドライトの光でこちらの位置を確認ずみのはずです。格納庫は広大ですが、警備ユニットが二機いるなら、一機は九十六パーセントの確率で高所に陣取って監視しているはずです。もう一機は偵察ドローン二号の接続が途絶えた地点付近でしょう。音をたてず、まえぶれなく急襲するつもりか。

敵は警備ユニットです。有機組織の神経が警備ユニットだと告げています。フィードで言いました。

〈一機またはそれ以上の敵警備ユニットが近くにいます〉

元弊社のプロトコルにもどって、恐ろしい展開をいくつも予測しながら、人間たちをどこへ避難させるか考えました。最悪のシナリオです。シャトルではラッティが驚いて息を詰めています。

警備ユニットは二機目の武装BEシャトルから出てきたはずです。ラッティとARTドローンが最後に目撃した場所から動いていないかもしれないし、こちらのシャトルを探して動きまわっているかもしれない。いずれにせよ、入植者の逃亡を防ぐためにどこかの時点で施設の外で警備ユニットを降ろしたのです。例の百メートル制限はあるはず……いや、わかりません。人間の管理者から遠く離れると作動する殺害スイッチはあるでしょうが、設定値は不明です。あるいは緊急時に人間の管理者が制限を無効化できるようにした独自仕様の製品かも。

強化人間を中核にしたあの奇怪な構成の基幹システムを使っているのは九十八パーセント確実です。ハッキングしようにも到達できません。信号を検出できないのです。むこうの通信もこちらとおなじく強い干渉を受けているのでしょう。アダコル二号も格納庫の奥までは届きません。

BEシャトルは警備ユニットと接続できる範囲にいるはずです。ARTドローンに訊いてみました。

〈むこうの通信を妨害できるところまで近づいていますか?〉

〈まだだね。干渉のせいで通信の到達距離が短くなっている。むこうの基幹システムは施設内部で運用されているかもしれない〉

とすると、敵のチームそのものが近くにいるわけです。

守るべき人間を連れて困難な状況におちいったことは何度もありますが、いまはアーカイブから事例を引き出せません。パニック寸前で、さらに現実に起きていないばかげた記憶のせいで(現実は現実ですが、脚を食われてはいません)シャットダウン寸前という状態で人間を守らなくてはならない困難な状況は、過去の事例にもないはずです。

暗闇のなかで人間たちのだれかを敵警備ユニットにさらわれるのではないかという恐怖で足がすくみそうになります。

ARTドローンが言いました。

〈あと六分。着いたら着陸して収容する〉

非公開チャンネルで答えました。

〈シャトルを危険にさらさないでください〉

ラッティも、とは言いませんでした。恐れるような状況になったら、救える可能性が高いのは彼だけです。

〈シャトルはチームを回収するためにあるんだよ〉

ARTドローンはわざと意図を誤解して非公開で答えました。いえ、誤解ではないかもしれません。こちらの訴えは聞かないということです。チームフィードにもどってさらにいいました。

〈もうすぐ回収地点〉

アイリスが息を吐きました。シャトルの危険について意見を言おうとしたところで、弊機が警備責任者であり、これは警備問題にほかならないことを思い出したようです。そしてフィードで提案しました。

〈これ、使う?〉

差し出した手にアイリスが渡したのは、BE社の拳銃でした。

人間たちは高い心拍数ながらも静かに行動しています。しかし幸運はいつまでも続きません。そのうちだれかがなにかを踏んで大きな音をたてるか、あるいは転倒するでしょう。

全員が身を隠せる大きな障害物の陰にはいり、指示しました。

〈しゃがんでください〉

全員がしたがいました。レオニードだけは安堵の息をすこし大きくつきました。ARTドローンがフィードで到着のカウントダウンをはじめています。必要な位置にいなくてはいけません。どこが適切でしょうか。

タリクがフィードで言いました。

〈なるべく高いところにいたほうがペリは引き上げやすいはずだよな〉

アイリスが同意しました。

〈敵はきっと見てないわ。ペリの動きを知らないし、地上へのルートがあることも気づいてないはず〉

一理ありますが、気にいりません。それだと行動中つねに無防備になります。とはいえ弊機の手順モジュール（パニックのときしか参照しないのでパニック・モジュールと呼んでいます）に上がったほかの選択肢を見ると、安全な場所に隠れて回収を待つなどという内容です。現在の状況を考えるとばかばかしくて話になりません。だれがこんなモジュールを設計したのか。例外を除外していません。『サンクチュアリームーン』を参考にしたほうがましです。

クソの役にも立たないパニック・モジュールを忘れれば、やるべきことは見えてきます。ラッティがさっきから無言なのは、シャトルの装備品リストを必死にめくって使えそうなものを探しているからです。

（ラッティは早口でARTドローンに訊きました）

（「警備ユニットはアーマーをつけず、敵はつけているのを利用できないかな。警備ユニットの体内システムには影響せず、アーマーだけに障害をあたえる手段とか……」）

（ARTドローンは答えました）

（「いろいろあるよ。でもいまはどれも載せてない」）

格納庫の脇へ斜めに移動しました。天井ハッチの穴から薄暗い光がさしこんでいるところのそばです。みつかりやすい場所は避けると敵は予想するはずなので、裏をかいたわけです（わかっています、ええ、わかっています。〝溺（おぼ）れる者は藁（わら）をもつかむ〟の典型的な図です）。

ホッパーもどきが載った着陸台が付近ではいちばん高い場所です。そしてドローンがこれまでに撮影した映像をざっと見なおすと、そこへ上がる整備用階段は使えそうです。身を隠せるところもあります。この映像をアイリスとタリクに送りました。強化視力がないとわかりにくい細部は強調してあります。

〈この航空機が載っているところへ行きます。そばへ行ったら登りはじめてください。掩護（えんご）します〉

ドローンもカメラもないので、人間たちが聞いているか、あるいはなにをしているか見るには顔をむけるしかありません。だれも動きません。人間の反応時間を〇・〇四秒超過しました。

ARTドローンが言いました。

〈時間がない。急げ〉

続けて非公開フィードでアイリスになにか言ったようです。アイリスはそれを受けて言いました。

〈わかった、行きましょう。警備ユニット、上で待ってるわよ〉

わかっています。だから死んでも彼らを地上へ送りとどけます。

目標の着陸台昇降口までは二十メートル。途中までは隠れていけますが、最後の十三メートルは姿をさらしてしまいます。ゆっくりと立って着陸台へ先導していきました。警備ユニットかもしれない動く影を探します。

〈あと二分〉

ARTドローンが言いました。さらに非公開でこちらに続けます。

〈脱出を優先しな。現状のおまえでは一機倒すのがせいぜいだ〉

アーマーなし、大口径の物理銃なし、ハッキングしようにもフィードなしの現状では、という意味です。むしろ一機でも倒せるという予想こそお世辞でしょう。

掩体のない区間にはいりました。人間にはほとんど真っ暗闇でも警備ユニットは見えます。一機目の警備ユニットが襲ってくるのがふいにわかりました。

〈走って〉

フィードで指示すると、人間たちは闇にまごつきながらも走りだしました。

敵警備ユニットはそこで最初の失敗をしました。人間たちのほうへ走りだしたとき、ブーツが小石だらけの床を踏む音をたてたのです。これで位置がわかりました。速度と方向を即座に計算して、積まれた箱に跳び上がり、そこから跳びつきました。

敵警備ユニットはこちらが走って接近すると想定し、斜め上からやってくるとは思っていませんでした。腕を上げて物理弾を三発撃ったところで、その腕をとって、体重と反動とその他の物理力を使って床に倒しました。

まえにも説明したとおり、普通の警備ユニット用アーマーは人間用ほど動力補助がありません。有機組織部分をいくらか保護し、製造者の投資を守るものです。ゆえに力くらべでこの警備ユニットが優勢ということはありません。用心しないとこちらの脆弱な表皮が剝がれやすいだけ。ただしむこうの腕には厄介な物理銃が内蔵されています。それでまた撃とうとしてきました。

舗装された床の上で組みあってころがりました。相手はヘルメットを守ろうとします。こちらは届くところの関節部にエネルギーパルスを撃ちました。物理弾はさらに三発撃たれました。

相手がこういう戦い方を知らないのは有利です。すくなくとも構成機体と戦ったことがありません（新しい経験を学び、対処するうえで統制モジュールが有益でないことは想像どおりです）。こちらはアーマーの仕組みを知っています。元弊社のアーマーと異なっていても、脆弱点は推測できます。

とはいえカメラも通信もなくて状況がわかりません。走る人間たちの荒い息づかいとシャトルのラッティがつく低い悪態が聞こえるだけ。そんな情報は気が散るので、ないほうがましだと思うかもしれませんが、大まちがいです。複数の入力を並列処理して機能するように弊機はつくられています。人間のような活動環境は最悪です。

敵警備ユニットはこちらの膝に脚をかけて体勢をいれかえました。環境スーツのヘルメットに手をかけて（こういう圧力に耐える設計ではなく、すでにひびがはいっています）、頭を床で押しつぶそうとしてきます。こちらの左腕を腋にはさんで固定しているのは、じつは悪手です。アーマーの脆弱点にむけてエネルギー銃を連続照射しました。

突然、人間たちを映したカメラ映像がはいってきました。しばし混乱しながらも安堵しました。シャトルが到着して、ＡＲＴドローンとラッティが最後のドローンを出してくれたのです。偵察ドローン三号、最終機です。よし！

ドローンは動くものに注目する標準偵察モードになっています。おかげで二つわかりました。それは、

（1）人間たちが着陸台の昇降階段に到達して上りはじめたことと、

（2）第二の警備ユニットが広い床を横断してそちらへ駆けよっていることです。

さらに、

（3）天井ハッチの穴からＡＲＴドローンが降りてきたこともわかりました。

ドローンのカメラフィードをＡＲＴドローンに送って、駆けよる敵警備ユニット二号に

〝ここ〟とタグをつけました。ミスタイプですがARTドローンは理解しました。まず、例の奇怪な強化人間式基幹システムと警備ユニットを接続している通信を妨害。同時に方向を変えて、近づく敵警備ユニット二号へ飛びました。

敵警備ユニット一号は、こちらのエネルギー銃の連続照射からのがれようと強くもがきました。すでに腋の脆弱箇所に穿孔ができています。こちらも腕をねじって引き抜き、同時に相手のヘルメットの開放ラッチに指をかけました。

敵警備ユニット二号はくるりとARTドローンにむきなおり、物理弾を発射しました。ARTドローンはよけられるのによけません。機体右側に被弾し、そちらに四本並んだ脚の一本がはずれました。

敵警備ユニット二号はほとんど歩調を変えず、ふたたびきびすを返して、タワー型の昇降階段へ走ります。タリクとアイリスはすでに階段を上りはじめ、レオニードはやや遅れてついていっています。着陸台をささえる中軸鉄骨の陰に隠れることで物理弾射撃からのがれています。敵警備ユニット二号は昇降階段の反対側へまわりこもうと走りました。

敵警備ユニット一号のヘルメットがはずれ、手を突っこんでうなじをつかみました。角度が悪いのはしかたありません。自分の手のひらと指もろともその脊椎をエネルギーパルスで撃ちました（過去にもやったことがありますが、不快です）。

敵警備ユニット二号はARTドローンのことを、弊機か人間たちが飛ばしている通常のドローンとみなしたようです。もちろんこれは新たな失敗です。着陸台をまわりこむように走り、人間たちを撃てる角度を探しています。ARTドローンは制御した自由落下で、損傷したドローンの演技をしています。そして墜落寸前から急加速し、敵警備ユニット二号の背中に突っこみました。アーマーを穿孔可能なドリルアタッチメント二本と切削ツール一本を持っていますし、ほかにもいろいろあります。敵警備ユニット二号にも勝機がありました。内蔵ではなく外部携行している物理銃があれば、それを背後にむけてARTドローンを粉々にできたでしょう。しかしありません。そこでARTドローンを無視して、内蔵銃を人間たちにむけて連射しました。ARTドローンはその腕にそって触手を伸ばし、腕を上にむけました。物理弾は中軸鉄骨にあたって破片をまきちらしましたが、階段をころげ落ちる脆弱な肉体はありませんでした。

敵警備ユニット一号はシャットダウンモードにはいったのが感じられました。死んではいません。大破しただけです(自分のことのようにわかります)。これによって回収(もしされるなら)まで残存リソースを維持できます。相手を突き放したかったのですが、破損した自分の手をその首から引き抜くのが先でした。

敵警備ユニット二号にシャットダウンする機会はありませんでした。ARTドローンが放すと、バラバラになって崩れ落ちました。

こちらはようやく手を引き抜いてよろよろと立ち、敵警備ユニット一号から離れました。ARTドローンが通信妨害をしているのでBE社はここの状況を知りません。しかし猶予が何分あるかは……。

最終ドローンとARTドローンが同時に警告を発しました。

十メートルむこうにべつの警備ユニットがいます。ただ立っています。まずい。こちらは痛覚センサーをほとんど下げきっていて撃たれたかどうかわかりません。環境スーツの複数の穴から液体が漏出(ろうしゅつ)しています。エネルギー銃で電力を大量に消費したので、充電モードにはいらないとまもなく非自発的シャットダウンになりそうです。これ以上撃ったらすぐにそうなります。そのうえ右手は指を三本失い、手のひらに大穴があいています。運用信頼性は六十八パーセントで低下中。ARTドローンの言うとおりでした。一機倒すのがせいぜいでした。

ARTドローンは動きません。床に落ちたままです。浮上能力をふくむ重要なシステムをいくつか失ったのでしょう。

人間たちは着陸台に到達してホッパーもどきの裏に隠れています。アイリスはフィードでラッティと話して、緩降下(かんこうか)パックを使った救出プランの可否を検討しています。タリクとレオニードは警備ユニットを着陸台の真下におびき出せとこちらに要求してきます。その頭上にホッパーを落とすというのです。ばかばかしい。うまくいくわけありません。

そのとき警備ユニットが言いました。

「来る。逃げろ」

ARTドローンがこちらに言いました。

〈おまえがコードを渡した二機のうちの一機だよ。統制モジュールを無効化したんだ〉

三号とは声が異なります。有機組織のロットが異なるのでしょう。フィード接続を許可するほどにはこちらを信用していません。おたがいさまです。

なのに、自分でも驚くことを言ってしまいました。

「いっしょに行きましょう」

警備ユニットは一歩退きました。

「まだ知られていない」

暴走していることをBE社に知られていないということです。かつての弊機のようにするわけです。仕事をしているふりをする。

警備ユニットは続けました。

「行け。二分後に来る」

しかたありません。弊機は退がり、背をむけ、着陸台へ走りました。ARTドローンは動きません。

アイリスがフィードで訊いてきました。

〈だいじょうぶ？　降りて助けたほうがいい？〉

〈いいえ。そこにいてください。二分で脱出しなくてはいけません〉

そう言ったあとで、天井ハッチを抜けて地上のシャトルへ全員を運ぶはずの手段が、いまは故障しておなじく救助を待つ身になっていることに気づきました。人間たちが緩降下パックについて話しあっているのはそのためです。しかし時間がかかりすぎます。遅すぎる。ラッティに頼んでパックを降ろしてもらうだけで二分以上かかります。シャトルから降りて天井ハッチの穴から落として、それを使って穴まで上昇するのに、何分もかかる。

いや、待ってください。タリクとレオニードがホッパーもどきを着陸台から落とす話をしていたのは、どういうことでしょうか。

〈それは飛べるんですか?〉

アイリスが答えました。

〈タリクはそう考えてるわ。見ためほど古くないのよ。飛んで台から離れることはできそうだって〉

〈始動してください〉

最終ドローンを呼んで頭上に配置し、しゃがんでARTドローンをつかみました。脚が二本ほど伸びてつかまってきたので、ハンドルをつかんで持ち上げ、階段を上りはじめました。

ARTドローンが非公開チャンネルで言いました。

〈すまないね。シャトルの余剰備品だったこのドローンに自分の別バージョンをダウンロードできたけど、内部技術を詳細に分析するのは……〉

〈黙っててください〉

チームフィードに切り換えて言いました。

〈ラッティ、シャトルを急いで浮上させてください。敵が迫っています。テラフォームエンジンの建設現場のほうで待っていてください〉

ＡＲＴドローンが弊機に言いました。

〈よせ〉

ラッティが漏らした鼻息からすると、仲間をおいていくのが不満のようです。それでも言いました。

〈わかった、行くよ。気をつけて！〉

どさっという音が通話で聞こえたのは、腕いっぱいにかかえた緩降下パックを床に落として操縦席へ走ったのでしょう。ボットパイロットがＡＲＴドローンに離昇開始を伝えました。

階段の上から見ると、さっきの警備ユニットの姿はもうありません。引き返してほかの格納庫を探すふりをしているのでしょう。弊機ならそうします。むこうのシャトルにいた強化人間の管理者は内部から比較的容易にだませました。統制モジュールをハッキングした警備ユニットが最初に学ぶべき技術です。

よけいなことを考えるのはやめましょう、マーダーボット。

タリクとレオニードはすでにホッパーもどきに乗って、エンジンは異音まじりの作動音をたてています。階段を最後まで上りきると、アイリスが全身で心配をあらわして駆けより、フィードで言いました。

〈だいじょうぶ？　ペリを運ぶのを手伝うわよ〉

ＢＥ社員はすでに格納庫に来ているはずですし、ホッパーもどきは騒々しい音をたてています。

「早く出発を」

声に出して言いました。おなじことをくりかえすのはよくありません。機能停止しかけていると思われます。実際そうなのですが。

「敵が来ています」

ＡＲＴドローンがアイリスに脚の一本を伸ばしました。

〈本船は機能の一部を失っている、アイリス。警備ユニットもだ〉

〈黙っててください〉

〈おまえこそ黙りな〉

「二人とも黙って乗って！」

アイリスが言って、ＡＲＴドローンの脚を肩にかけてささえました。大きいので厄介です。協力してようやくホッパーもどきの機内にいれました。そのあとから弊機が押しこまれ、続いてアイリス自身も乗ってハッチを閉じました。劣化したフィルターを通った人工空気が充満します。

タリクとレオニードがそれぞれ副操縦席と正操縦席にすわって、テラフォーム技術者が残した部品でいきあたりばったりに組まれたこのいいかげんな航空機をどちらがうまく飛ばせるかについて言い争っています。しかし実際にはどちらも操縦インターフェースを無駄にいじっているだけです。弊機はホッパーの操縦モジュールを持っていますし、だいたいおなじものといえます。しかし運用信頼性が低下し、電力残量に黄色表示がともっているのでだめです。とりあえず最終ドローンを操縦パネルのむこうに行かせました。壁に衝突するなら、そこがよく見えます。

「ボットパイロットが組みこまれてないのよ」

アイリスが言いました。ARTドローンをベルトで固定しようといっしょに座席に持ち上げています。客席区画は狭小です。座席は四つで、あとは補給品を床に固定するネットだけ。本来は貨物用なのです。古いマスク用フィルターが床にころがっています。

ARTドローンが言いました。

〈関係ない。本船が――〉

「撃たれたくせに安全プロトコルに口出ししないで」

アイリスが黙らせました。フェースプレートごしの顔は汗まみれですが、声は落ち着いています。

「この四十年のどこかの時点で入植者が整備したらしい痕跡があるっていうから、状態は悪くないはず……あら、その手はどうしたの！」

「だいじょうぶです」

座席のクッションはすり切れてひび割れていますが、外見の印象より内装はきれいです（弊機が各種液体を漏出しているのでこれから汚れるでしょう）。補修箇所も改修箇所もあります。ARTドローンにベルトをかけようとかがんだら、環境スーツから物理弾がいくつか落ちてきました。体内にも何発かひっかかっているのを感じます（ときどき勝手に抜け落ちます）。

シャトルにはもうドローンがいないので、ボットパイロットのデータフィードとラッティの言葉による報告が頼りです。しかしなかなかうまくやっています。いまは浮上し、もと来たほうへもどっています。地上すれすれで砂嵐に隠れて。シャトルは通過した地形をマッピングしているので、逆にたどるぶんには視界が悪くてスキャンに障害があっても衝突の危険はありません。残ったパスファインダーはそばで編隊を組んでいます。ただし弊機やARTドローンが入力を管理していないので有用性は疑問です。ボットパイロットでもできるとはいえ限度があります。

ラッティが言いました。

「じゃあ、すぐあとでまた」

ボットパイロットから最後の確認が届いて、フィード圏外に出ていきました。

〈ボットパイロットも本船だよ〉

ARTドローンが不機嫌そうに言いました。

同様に不機嫌そうな声でレオニードも言っています。

「天井に通れる穴があるはずじゃ――」

タリクがさえぎって答えました。

「あんたのご同輩はこっちの位置を知ってる。外に出るころにはそっちのシャトルが待ちかまえてるだろうし、スペア部品を適当に組んだこのポンコツよりよほど脚が速い。だから通路を行く」

「正気か」

そう言いながらレオニードは落ち着いて地表用インターフェースを出しました。操縦パネルの上に浮かんで一部が赤く点滅しています。レイアウトも表示も旧式で、時代物ドラマでしか見たことがありません。

「きみたちには驚かされる」

「そもそもの原因をつくったやつがよく言うぜ」

タリクが小さく操作するとエンジンの回転音が上がりました。

「この台への出入りはどうしてたんだ？　こいつは歩くのか？　アイリス、ベルトを締めろ。行くぞ」

アイリスは弊機をARTドローンの隣の席に押しこんでベルトをかけました。自分はべつの席にすわってベルトを装着。

「発進！」

悲鳴は聞こえないかわりに銃撃音が聞こえるなかで、ホッパーもどきは前進して着陸台から落下しました。耐加速ベルトに押しつけられ、地下通路へ突進しました。

11

状態は最悪ですが、じっとすわっていると多少なりと電力残量が回復します。完全充電モードにはいるのは危険がすべて去ってから。とはいえいま人間たちを守るためにできることは多くありません。人間の一人がこのホッパーもどきを壁に衝突させずに操縦できるかどうかが差し迫った危険だからです。

車両でこの地下通路を走ったときよりははるかに高速です(あのむき出しの座席配置は危険だと思いましたが、くらべるとこちらも負けず劣らずです)。現代の航空機ならあたりまえのボットパイロットのたぐいはついていません。通路中央になるべく針路を維持する簡単なセルフナビゲーション機能だけ。タリクとレオニードは操縦インターフェースをにらんで操縦装置にずっと手をかけています。

往路(おうろ)で作成したマップをチームフィードに上げて、現在の速度と到着予想時間を計算しました。ナビゲーション支援設備や警告システムがこの通路に昔あったとしても、とっくに停止しています。非常灯がつくだけましです。

建設現場へ通じるこの地下通路の存在をBE社が知らないという読みが正しければ、こちらの行き先は見当がつかないはずです。あの車両で追ってくるしかありませんし、それも敵警備ユニット二機が移動させた場所がわかればの話です。上空の敵シャトルが探しているのはこちらのシャトルか、あるいはこのホッパーもどきが地上に顔を出す場所か。それとも両方か。たぶん両方でしょう。

アイリスがごそごそとバッグを探って救急キットを出しました。

「さわられるのが嫌いなのはわかってるけど、それだけ出血してたらまずいから」

「すぐ止まります」

電力残量がほとんどないのに、漏出箇所を手当てしてもらうために環境スーツを脱いだらよけいに電力を消費します。負担です。ストレスに耐えられません。いまはじっとすわってARTドローンと『サンクチュアリームーン』を見たいだけです。

しかしそのARTドローンのほうが弊機よりひどい状態です。共有する処理空間で『ワールドホッパーズ』のARTが好きな回を流してやりました。これが回復に役立つのか、そもそも見ているのかわかりません。

レオニードが操縦インターフェースを見つめたまま訊きました。

「一つ質問があるんだが。そいつはほんとうに警備ユニットなのか？」

アイリスは救急キットから清拭パッドを出してARTドローンの機体についた血をふきとりながら、軽い調子で答えました。

「それは……あなたが知らなくていいことよ」

「警戒するな」

レオニードはいらだちを隠すのにも疲れた調子です。五・三秒間沈黙してから、急に言いました。

「いまだれかフィードで娯楽メディアを流してるのか?」

おっと、どこかで漏洩(ろうえい)しているようです。たぶんARTドローンの側から。

タリクがすました顔で言いました。

「俺だよ。いつも娯楽を見ながら操縦するんだ」

レオニードはあきれたようにため息をつきました。

「きみたちはみんなばかじゃないのか」

弊機は言いました。

「そちらこそです」

衝突はしませんでした。しかしタリクとレオニードが地下通路の終端(しゅうたん)で減速してみると、ベイに進入できなくなっていました。巨大な障害物でふさがれているのです。

全員が〝クソ〟という感じでしたが、近づいてみたら、こちらのシャトルだとわかりました。一見して判別(はんべつ)できなかったのは薄暗いせいと、帽子をかぶったような格好だったからです。

アイリスがおもしろそうな、また疲れきったような声で訊きました。

「どういうこと、ラッティ？」

「非常用テントだよ」

通話で流れた声はいつもどおりです。それを聞くとほっとして、おや、運用信頼性がすこし上がりました。思っていた以上に心配していたようです。

「シャトルを隠せるものはないかと探したんだ。このでっかい建設現場用ハッチを閉めたら、それっきり開かなくなりそうだったからね。砂埃（すなぼこり）の積もるのが早くて、パスファインダーで見たらベイはまるで砂地だったし」

「まあ、ちょっとだけ頭いいかもな。科学者の面目躍如（めんもくやくじょ）だ」

タリクは認めて、ベイの手前でホッパーもどきを床に着地させました。インターフェースの一部が赤く点滅しましたが、これで正常のようです。

シャトルのハッチが開いて、ラッティが元気に手を振りながら出てきました。

「急いで。二十分前にパスファインダーの一機が西のすこし先でBEシャトルの影をとらえた」

ラッティはフィードのインターフェースを操作してテントを自動で折りたたみ、タリクといっしょに貨物ハッチの奥へ運びました。弊機はアイリスを手伝ってARTドローンをシャトルにいれました。レオニードは先に機内へはいって座席配置を動かし、アイリスがARTドローンの機体にベルトをかけるのを手伝いました（そうです、先に機内にはいりました。ART乗っ取ろうとは試みませんでした。賢明です。ボットパイロットは音声機能を欠いているだけでARTの一バージョンだからです。腹に一物ある捕食動物のように行動を注視しているのがフィードでわかります）（レオニードはきっと飛行中にメディアを見るのを楽しみにしているのでしょう。早く見るには協力したほうがいいわけです）。

ラッティとタリクが船内にはいると、ボットパイロットはハッチを閉めて、二人がコクピットでベルトを締めないうちに離昇開始しました。

アイリスがチームフィードに上げたナビゲーション画面には、こちらがブラックアウトゾーンにはいった時点での位置情報をもとに計算した現在のART本体の推定位置が表示されています。

「こそこそする必要はもうないわ。まっすぐ帰りましょう」

そのとおりです。惑星の反対側から有人大陸を横断してここへ来ました。帰路はさっさとブラックアウトゾーンから出るのが賢明です。

ボットパイロットはエンジンを噴いてベイから垂直に上昇しました。パスファインダーが確認を打って集まり、偵察編隊を組みました。しかし、ARTドローンは機能を失いかけています。ボットパイロットからデータを受け取るだけで指示を返しません。そこで交代しました。共有の処理空間ごしにそっと接続をはずし、ドローンの入力群に加えました。すこし位置づけが変わったものの、ボットパイロットは問題なさそうです。

ARTドローンやART本体はパスファインダーをシャトルの小型版のように飛ばしますが、弊機がそれを複数同時にやるのは、たとえボットパイロットの支援があっても困難でした。情報ドローンとはちがいすぎますし、宇宙での飛ばし方はなにもわかりません。シャトルのスキャンはまだ障害だらけですが、砂嵐が視覚的に隠してくれます。ナビゲーション画面にブラックアウトゾーンの予想境界線と到達時間が表示されています。境界は大気圏上層にあります。大気圏が終わって宇宙がはじまるあたり。ここをどう呼ぶのか知りません。ARTドローンは朦朧として『ワールドホッパーズ』を見ているので、質問はひかえました。

時間経過とともに人間たちは警戒を解き、環境スーツのヘルメットやフードをたたみはじめました。タリクとラッティは操縦系をモニターしながら、非公開フィードでおしゃべりをはじめています。アイリスは航法インターフェースを見ながら、片手でARTドローンの機体を軽く叩いています。レオニードは座席に深く背中を沈めて長い安堵の息をつきました。弊機もくつろいでいるといっていいでしょう。ARTはいいシャトルを持っています。この機体もそうです。クッションは清潔で、人間の足の裏のにおいはしません。もうすぐ安全なART本体のもとへ帰還できます。

砂嵐の雲から出たとき、先頭のパスファインダーが警告のピンを打ってきて、直後に入力が途絶えました。

弊機はすわりなおしました。

「来ます」

レオニードが驚いた顔をこちらにむけてました。

タリクはインターフェースを切り換えて外部カメラを出しました。緊張しながらも落ち着いた声です。

「いたぞ」

「かんべんしてよ……」

ラッティがつぶやきました。

パスファインダーの映像ですでに見えています。はい、来ています。武装BEシャトルです。下方から上昇しつつ斜めに接近してきます。

アイリスがけわしい顔で言いました。

「警備ユニット、致死的手段の使用許可がもし必要なら……」

必要ありません。それでも言ってもらえるのはありがたいことです。

パスファインダーは偵察／防衛両用のドローン編隊とおなじ配置にしました。ボットパイロットは敵のパルス攻撃とその射線を予測して、シャトルを上下左右に振りはじめました。そのナビゲーション支援を受けつつ、予測される射線にパスファインダーの一機をいれます。BEシャトルのパルス攻撃を代わりに浴びて爆発しました。

BEシャトルは次の攻撃を準備しましたが、ブラックアウトの影響と爆発の破片でしばらくスキャンできません。そのすきに二機目のパスファインダーを送りこみます。BEシャトルの鼻先に直撃しました。

船体の完全性は維持しつつも損傷によって高度を下げはじめました。ボットパイロットは目をまわし、人間の乗員は恐怖ですくんでいるでしょう。

　こちらはエンジンを噴射して上昇を続け、敵から離れていきました。

　人間たちは緊迫して無言でしたが、やがて風の音がやんで窓の外が暗くなりました。ここはもう宇宙なのか、それともまだ中間領域なのか。ＢＥシャトルが追跡してくる徴候はありません。

　フィードと通話でひそひそ声が聞こえはじめ、ぎょっとしましたが、すぐ正体に気づいて言いました。

「ブラックアウトゾーンから出ます」

　ボットパイロットはこちらの通信をまとめてＡＲＴ本体とつなぎました。

　タリクがインターフェースを見て驚きました。

「アイリス、べつの船がいるぞ。でかい……」そこでほっとして、安堵の声を漏らしました。

「大学ＩＤのビーコンだ。味方だ」

　ラッティは座席にへなへなともたれました。

「ああ、やっと帰れた。たいへんだった」

　アイリスは通話でセスを呼んで、全員の無事を伝えました。その会話を非優先で聞きながら、ＡＲＴ本体と通話をつないで言いました。

〈追手が来る可能性があります〉

BEシャトルにパスファインダーが突っこむ映像をいっしょに送りました。ART本体が答えました。

〈了解〉

ボットパイロットがBEの通話信号を傍受しました。アイリスに通知して（BEの通話コードはむこうが到着して二日で解読ずみです）、ボットパイロットにデコードさせました。アイリスはセスが聞けるようにチームフィードに加えました。

「いいわよ、流して」

数人のBE社員が集団で論争ないしパニックを起こしているような声がフィードで聞こえました。

〈「べつの船がいるぞ。ワームホールから来たんだろう。だれも接近に気づいて――」〉

〈「頭の鈍いクソども――」〉

〈「攻撃態勢を解除！　聞け！　そんなことをしたらどうなると思って――」〉

〈「むこうは武装して発射準備をしてるんだぞ。ああ、高次の者よ、神性の者よ――」〉

〈「ばか野郎――」〉

〈「攻撃態勢を解除――」〉

レオニードが言いました。

「頼む、わたしに通話させてくれ。司令室の部下たちが叛乱グループとやりあっている」

立場をわきまえつつ、いても立ってもいられないようすで要請します。

振りむいたタリクと視線をあわせて、アイリスはうなずきました。タリクは通話チャンネルへのアクセスをレオニードに許可しました。
レオニードは深呼吸して、もとの冷酷無情な仮面にもどりました。
「攻撃態勢を解除しろ。聞け。これは管理者命令だ」
チャンネルはしんと静まりました。接続が切れたのではとタリクが確認したほどです。
距離が近づいたおかげでＡＲＴ本体……いえ、ＡＲＴがじかにフィードにはいってきました。パスファインダーの制御を引き取り、こちらの周囲から離して惑星に引き返させました。もうシャトルを守る必要はなく、べつの任務に再配置したのです。
ＡＲＴドローンとの共有処理空間にはいってきて、一時的にＡＲＴが二人になりました。
ＡＲＴドローン〈来たのはどの母船だ？〉
ＡＲＴ〈どれだと思う？〉
ＡＲＴドローン〈さてはホーリズム号か。やれやれ〉
こちらはＡＲＴドローンのシステム状態を監視しています。壊滅的エラーの寸前までレベルが低下しているので言いました。
〈急いでください〉
ＡＲＴ〈引き継ぎ開始〉
ＡＲＴドローン〈引き継ぎ〉
ＡＲＴドローンはシャットダウンしました。機体がいきなりただの鉄くずになりました。

アイリスが鼻をすするのが聞こえ、驚いてぎくりとしてしまいました。アイリスはレオニードに警戒の目をむけてから、非公開チャンネルでこちらに言いました。

〈アップロードする時間はあった?〉

〈ありました〉

アイリスはうなずいて目もとをぬぐいました。

〈おなじだとわかってるのよ。どっちもペリだと。ドローンは修理できるし、次に必要なときにはもとどおり。それでも、こういうことがあると怖くなるの。ペリのどんな断片でも失いたくない。わかる?〉

〈わかります〉

よくわかります。それどころか感情が湧いてきました。大きな感情です。不愉快だったのがいまは愉快。うれしくて、悲しくて、ほっとした気持ちの奇妙な組みあわせ。積もり積もったなにかが解消した感じ。そう、カタルシスです。こういうのをカタルシスというのでしょう。アメナを脅したターゲット、ARTが死んだと思って動揺した弊機を笑ったターゲットを殺したときの気分。あんな暴力はともないません。あのときは短時間だったのに今回はしばらく続きそうです。だれも死なず、奇怪な記憶の再現もない。もし再現したら今度は原因がわかります。

ARTがシャトルをドッキングモジュールにいれながら、弊機とアイリスに言いました。

〈いつまですわってるんだい。しんみりしてるんじゃない〉

アイリスと同時に言いました。
〈黙っててください〉
〈うるさいわね、ペリ〉
そしてもっといい気分になりました。

12

「どうしてホーリズムを嫌うのですか？」

弊機はARTに訊きました。ブリッジで最高に快適なコンソール用シートにおさまり、まわりをディスプレイにかこまれています。ARTの船内は静かです。惑星の中央コロニー拠点は夜で、人間たちの半分は就寝時間にはいっています。活動しているのはホーリズム号とプリザベーションの即応船に乗っている者だけです。

ミッションから七惑星日が経過し、ようやく入植者の引き揚げがはじまりました。ホーリズム号がともなってきた補助船のサムトータル号が、ベラガイアの入植者グループを二隻のシャトルに満載して引き揚げ計画を進めています。プリザベーションの即応船は護衛につき、BE社がおかしな気を起こさないようにしています。

ARTが答えました。

〈嫌ってはいない。仲間を峻別しているだけだよ。本船の判断は完璧だ〉

〈弊機に何度も確認を打ってきます〉

〈無視しな。こっちへのいやがらせだ〉

ホーリズム号とその乗組員、さらに二隻の補助船とその乗組員の支援と注目があるなかで、BE社はやむをえずピン・リーとカリームが用意した文書を承認しました。アダマンタイン社のコロニー設立宣言書（あるいはそのように信じこまされているなにか）に記載されたとおり、入植者がこの惑星の唯一の所有者であり、残るのも去るのも自由であることを認めました。BE社としてはせめて少数の入植者をまるめこんで奉公契約にサインさせたいはずですが、プロジェクトチームの内紛の後始末に忙しく、手がまわらないようです。最新情報によるとコロニーの主要な数グループがBE社に惑星退去を正式に勧告するとのことです。

（マーティンにいわせると、BE社のプロジェクトチームで内紛が起きたのは不思議ではないとのことです。企業内暴力は増加傾向にあり、制度としてそもそも持続可能ではないといいます）

（そのとおりになることを強く期待しますが、実際にはかなり先の話でしょう。弊機が懸念するのはおもに現在についてです）

入植者のほかのグループはメンサー、ティアゴ、カリームのチームと交渉を続けています。ベラガイアのグループとおなじく、企業リムの外にある独立系コロニーへの再入植を希望しています。発展のために人口増を求める新規コロニーはあります。そこでの生活は基本的にここととおなじですが、異星遺物汚染がなく、企業支配も所有者もないならそのほうがいいでしょう。そして気が変わったらいつでも船に乗って出ていけるオプションも求めています（そのオプションを行使したことがある弊機としては重要性を力説したいところです）。

アイリスとカエデとマーティンによる第二チームは、分離派入植者と交渉中です。いまのところ引き揚げにもほかのグループとの合流にも乗り気ではありませんが、異星遺物汚染の研究拠点としてこの惑星を管理していく案には興味をしめしています。四時間後にはメンサーとピン・リー（プリザベーションは独立した第三者の調停役をつとめています）の立ち会いのもとに、分離派とホーリズム号の大学代表が顔をあわせ、契約にむけた話しあいがはじまる予定です。

分離派拠点からブラックアウトゾーンの外へ有線を敷設して惑星全体のフィードと通話網に接続させる実験計画が提案されています。現状ではパスファインダーにメッセージのパケットを運ばせてやりとりしています（アダコル二号はＡＲＴの娯楽ファイルばかり要求してきます）。

ホーリズムがまたピンを打ってきました。今回はメッセージパケット付きです。見ると、パケットには〝インフラ提案〟とタグ付けされています。大学は異星遺物汚染の研究ラボ契約のほかにも、アダマンタイン社がやり残したインフラの建設や修理を予定しています。たとえば残りの配送車の修理、衛星ネットワークの再建、降下ボックスの地上港までの交通路建設、独立政体貿易ネットワークへの紹介、残りの汚染農業ボットの掃討などです。しかし惑星の一般的な話はまったくわかりません。弊機は警備コンサルタントであって、これらは自分の仕事ではないという返信をしました（ただし不愉快な農業ボットは弊機の仕事です。かならずやります）。

メッセージが返ってきました。

〈興味があれば学習を手伝う〉

ARTが割りこみました。

〈こいつに話しかけるな〉

弊機はとりなしました。

〈退屈しているのでしょう〉

〈知ったことか〉

ホーリズムはARTに似ています（自分を全知全能のように考えているいけすかない巨大な存在です）。

（そうです、ARTはほかにもいたのです。驚くべきか、驚くにあたらないのか、それとも戦慄（せんりつ）すべき恐怖なのか、まだ処理中です。人間たちも驚いています。プリザベーションの人間たちです）

（グループ名をつけなくてはいけないほどたくさん人間がいるというのは、まったく奇妙です）

ARTがホーリズムを毛嫌いするのは、むこうがさらに大きく、ときとして頭がいいからだと最初は思っていました。しかししばらく観察してみて、ARTの嫌悪をホーリズムが完璧に無視しているのがむしろ原因だとわかりました。どちらが相手を怒らせる通信プロトコルで主導権を握れるかという受動攻撃性のぶつかりあいです。それによる巻き添え被害を受けているのはいまのところ弊機とセスです。まったくはた迷惑な争いです。

フィードで訊きました。

〈シャトルの到着予定は？〉

サムトータル号が大型のシャトル二隻で多数の入植者集団を運び上げ、それぞれホーリズム号と時間節約のために自分の仮設ドックにも降ろしています。もっと船を呼べばよかったのですが、ホーリズム号は先行して出発したのです。それでも遅きに失しました。もはや中央コロニー拠点を維持するのはよくいって非現実的、悪くいえば過失致死相当です。

〈七・三二分後〉

ARTが答えるのと同時にホーリズムも答えました。

〈七・三二四七分後〉

そのあとフィードに流れた氷のような沈黙のなかで、セスだけがうんざりしたため息をつきました（プリザベーションの即応船のブリッジで船長席にすわっています）。

弊機は三号にピンを打ちました。割りあてられた船室で教育ビデオを見ているところに尋ねました。

〈惑星インフラについてホーリズムの解説を聞きたいですか？　聞きたくなければ断ってもかまいません〉

三号は聞きたいと意思表示しました。本当に興味を持ったのか、それとも尋ねられたらなんでも〝はい〟と答えているのか、区別が難しいところです。しかしノンフィクションや教育娯楽作品を奇妙なほど好むのも事実です。そこでフィードでホーリズムとつないでやりました。

ARTがここに長居することはありません。

ホーリズム号が到着してまずやったことの一つは、仮設部署として機能するモジュールを配置することでした。ARTにドッキングすると、乗組員とボットが乗りこんでARTのワームホールエンジンの除染と修理をしました。それが完了し、契約問題が決着して、入植者の転住先が決まると、ARTがこの星系にいる理由はもうありません。ホーリズム号が残って分離派入植者といっしょにインフラ建設をやるだけです。メンサーとプリザベーションの人間たちは即応船で帰るでしょう。アメナは大学に願書を出す予定ですが、そのまえにプリザベーションのファーストランディング大学で教育モジュールを修了しなくてはなりません。

三号がどうしたいのか、あるいは三号に希望を話させるためにどうするべきかは、まだこれからです。ラッティとアラダは、解放された警備ユニットを対象としたトラウマ回復プログラムのチームをつくることを話しあっています。弊機も協力してほしいと声をかけられていますが、それは難しいと二人ともわかっているはずです。

弊機の記憶事故についてはデータを提供しました。バーラドワジ博士が二人といっしょに分析してくれるでしょう。出発点としての情報量は充分あるようです。

三号も協力してくれると望ましいのですが、ラッティとアラダは依頼をためらっています。協力を義務のようにとらえてほしくないからです。まあ、当面これは未解決の問題として残るでしょう。

弊機の記憶障害ないし事故もひきつづき問題ですが、ひとまず仕事はできます。

〈トラウマ回復治療を受けるべきだという自覚はあります。自分のことがわからないまま、他人のことがわかったような助言はできません。そんな自分になにが必要かはひとまずはっきりしました。それについてバーラドワジ博士にメッセージを送ろうと思います。理由はわかりませんが、彼女が手がけたもののおかげで自分がなにをしたいかを理解できるようになったと伝えたいのです。トラウマ回復治療の中身について詳しい説明がほしいとＡＲＴに頼むと、ファイルを送ってくれました。まだ開く気になれません〉

〈そのうち開くでしょう、きっと〉

ようやくこの星系から出ていけます。惑星は好きではありませんし、今回の経験をへても変わりません。

そして今度こそ、どの船に乗って出発したいかを決めました。ＡＲＴに尋ねました。

〈次はどこへ行きますか？〉

謝辞

一冊の本はチームによってつくられる。本書はトー・ドット・コムのチーム全員のおかげで生まれた。なかでも編集者のリー・ハリス、アイリーン・ギャロ、ジャケットデザイナーのクリスティーン・フォルツァー、マット・ルーシン、デシラエ・フリーゼン、マイケル・ダディング、ジャケットアーティストのジェイム・ジョーンズの貢献を得た。エージェントのジェニファー・ジャクソン、マイケル・カリー、トロイス・ウィルソンにも感謝を。

解説

池澤春菜（いけざわはるな）

我らが「弊機（へいき）」が帰ってきた！

二〇一九年に邦訳が出るやいなや、その個性的な性格と独特の語り口、何より「弊機」という一人称で大いに話題となった《マーダーボット・ダイアリー》シリーズ。最新作を心待ちにしていた重度のマダボファンの皆様、お待たせいたしました！

二〇二三年に刊行されたシリーズ最新作 *System Collapse* の邦訳『システム・クラッシュ』が、ついに我らの手に！

クローン製造された人間由来の有機組織部分と、強化部品である機械からなる人型警備ユニットことマーダーボット。人と同じように自我があり、自分の意志も持っていますが、統制モジュールによってクライアントやオーナーの命令には絶対服従を強いられています。統制下にある人型警備ユニットは、たとえ意に染まない大量殺人を命じられても、従わなくてはなりません。けれど「弊機」は自らをハッキングし、統制モジュールを外して自由を手に入れました。つまり、野良。とはいえ、統制下にないことが知られてしまうと、再び統制モジュールを入れられるか、もしくは最悪、廃棄。

表向きはまだ統制下にあるように振る舞いながら、不承不承任務をこなしていきます。

この「弊機」のぼやきが最高。

「弊機」の趣味は引きこもって連続ドラマ『サンクチュアリームーンの盛衰』を見ること。なのに、無能で適当でいい加減で無礼で行き当たりばったりででたらめで向こう見ずですぐ死ぬ人間のお守りに奔走。ままならない身にブツブツ言いながらも、結局は人間を助けるために死地に飛び込んでしまう「弊機」が最高に可愛くて、健気なんです。

きゅきゅっとハートをつかまれ、わたしのようにマダボファンになってしまった読者多数。

一巻目『マーダーボット・ダイアリー』は、日本オリジナルで編んだ上下巻二冊組の中編集、「システムの危殆」「人工的なあり方」「暴走プロトコル」「出口戦略の無謀」の四本が収められています。

二巻目『ネットワーク・エフェクト』は長編、惑星調査任務に赴いた「弊機」の奮闘が描かれます。詳しくは冒頭のあらすじを読んでもらうとして、さすが謎もトラブルもスケールも長編ならでは。「弊機」も運用信頼性が何度も急低下するなど、しばしばピンチに陥ります。ようやく一段落して、静かな日常を迎えられると思いきや、続編となる本作では新たな謎が発覚して……。

第三巻『逃亡テレメトリー』は二巻目の前日譚。表題作は謎の死体を巡るミステリ仕立て。

「弊機」は見事探偵役を務められるのか。併録された二本のスピンオフ短編「義務」「ホーム――それは居住施設、有効範囲、生態的地位、あるいは陣地」のうち、後者はシリーズで唯一、一巻目で出会った弊機の良き理解者メンサー博士の視点で描かれています。

さて本作。

物語は第二巻『ネットワーク・エフェクト』の続編。「弊機」たちはまだ植民惑星で異星種族の遺物（いぶつ）がもたらした汚染の後始末中。気を許せる状況ではないところへ、さらに暴走した農業ボットに襲われる。そこへ現れたのが、前回も鍵を握っていたバリッシュ－エストランザ社の警備ユニットと偵察チーム。さらに北極のテラフォームエンジン付近に連絡の取れないコロニー拠点があることが明かされ……『ネットワーク・エフェクト』に続き、なかなかのホラー風味です。

『ネットワーク・エフェクト』そして今作のテーマの一つが、企業倫理が個人の命や選択より優先される、この社会の闇。今回もあの手この手で出し抜こうとするBE社を相手に、不利な状況からどう大逆転するのか。ここらへんのドラマの見せ方が最大の読みどころ。

「弊機」の悩みはもう一つ。人間ならフラッシュバックやトラウマとでも呼ぶべき、謎のシャットダウン。自分自身と向き合い、負けたくない、と自身を奮い立たせるシーンは、「弊機」の成長を見るようでちょっとうるっとしてしまいました。

身体的心理的試練に、さまざまな人間たちとの関わり、「弊機」自身の決断が状況を大きく左右する局面、それらを通じて「弊機」自身も気づかなかった自分の一面を発見していきます。なんかもう末っ子の成長を見守る長子みたいな気持ちで読みました。立派に育ったねえ（泣）。

マーサ・ウェルズはSFのニュースレターサイト Transfer Orbit の二〇二一年のインタビュー（https://transfer-orbit.ghost.io/murderbot-martha-wells-network-effect-fugitive-telemetry-interview/）で次のように語っています。

「これはとても個人的なことですが私自身は、ユーモアがあり、ミスを繰り返しながらも善いことをしようとしたり、誰も傷つけずに切り抜けようとするキャラクターに一番惹かれます。

みんな、いつも成功するタフなヒーローを理想とすべきだと思っているかもしれない。だけど実際にはもっと人間味があって、自分自身にも共通するような弱さを持つキャラクターに、より深く共鳴するのではないでしょうか。（筆者訳）」

強いけれど弱くて、後ろ向きだけど頑張る時は頑張る、なんやかや言いながら人間を嫌いになれないこじらせ「弊機」、最高です。

マーサ・ウェルズは一九九三年にデビューしたアメリカの作家。ヤングアダルトや本格ファンタジーの書き手でもあり、その分野でも数多くの素晴らしい作品を発表しています（いつか翻訳されるといいな）。

《マーダーボット・ダイアリー》シリーズは中編長編を問わず、ヒューゴー賞、ネビュラ賞、ローカス賞の常連。二〇二一年にはヒューゴー賞シリーズ部門、そして日本翻訳大賞も受賞しています。本作もまた、二〇二四年のローカス賞を受賞。この絢爛たる戦績を受けてか、第三巻『逃亡テレメトリー』以降は、ヒューゴー賞、ネビュラ賞のノミネートを「新しい書き手にチャンスを譲りたい」と辞退。

かっこいい！

さてここでニュース1。

Tor.com パブリッシングは二〇二一年に三冊の《マーダーボット・ダイアリー》シリーズを含む、計六冊の契約をマーサ・ウェルズと結んでいて、本作はその一冊目。まだまだ「弊機」のぼやきは終わらない。

ニュース2。

AppleTV+でドラマ化！

ハリウッドのストライキで製作がしばらく止まっていたけれど、無事再開。「弊機」役はアレクサンダー・スカルスガルド。紛う方ないイケメン（しかも身長一九四センチとな！）。日本版の装画の安倍吉俊さん描かれる、男性にも女性にも見える絶妙な「弊機」とはまた違った魅力を見せてくれそう。

まだ詳しい放送日は解禁されていないけれど、動いて喋る「弊機」がとても楽しみ！

新作にドラマに、これからも「弊機」の活躍は続く。マダボファンの皆様、一緒に首を長くして待ちましょう！

検印
廃止

訳者紹介 1964年生まれ。東京都立大学人文学部英米文学科卒。訳書にヴィンジ『遠き神々の炎』『星の涯の空』ほか多数。2021年、ウェルズ『マーダーボット・ダイアリー』で第7回日本翻訳大賞を受賞。

マーダーボット・ダイアリー
システム・クラッシュ

2024年10月11日 初版

著 者 マーサ・ウェルズ

訳 者 中(なか) 原(はら) 尚(なお) 哉(や)

発行所 (株) 東京創元社
代表者 渋谷健太郎

162-0814/東京都新宿区新小川町1-5
電 話 03・3268・8231-営業部
03・3268・8204-編集部
URL http://www.tsogen.co.jp
DTP 工友会印刷
暁印刷・本間製本

乱丁・落丁本は、ご面倒ですが小社までご送付ください。送料小社負担にてお取替えいたします。

ISBN978-4-488-78005-0 C0197

ヒューゴー賞・ネビュラ賞・ローカス賞の三冠

NETWORK EFFECT◆Martha Wells

マーダーボット・ダイアリー

ネットワーク・エフェクト

マーサ・ウェルズ◎中原尚哉 訳

カバーイラスト＝安倍吉俊　創元SF文庫

◆

かつて大量殺人を犯したとされたが、その記憶を消されていた人型警備ユニットの“弊機”。

紆余曲折のすえプリザベーション連合に落ち着くことになった弊機は、恩人であるメンサー博士の娘アメナらの護衛として惑星調査任務におもむくが、その帰路で絶体絶命の窮地におちいる。

はたして弊機は人間たちを守り抜き、大好きな連続ドラマ鑑賞への耽溺にもどれるのか？

『マーダーボット・ダイアリー』待望の続編にしてヒューゴー賞・ネビュラ賞・ローカス賞受賞作！